शुरूआत के दो नाटक

बद्रीनाथ साबत

रेडग्रैब बुक्स प्राइवेट लिमिटेड

942, मुट्ठीगंज, प्रयागराज-3 उत्तर प्रदेश, भारत

वेबसाइट - www.redgrabbooks.com

मेल - contact@redgrabbooks.com

मूल्य भारत में : 200.00/-

प्रथम संस्करण रेडग्रैब बुक्स प्राइवेट लिमिटेड द्वारा 2022 में प्रकाशित
सर्वाधिकार टेक्सट : बद्रीनाथ साबत 2022
सर्वाधिकार सुरक्षित : रेडग्रैब बुक्स प्राइवेट लिमिटेड 2022
कवर व टाइप सेटिंग : रेडग्रैब बुक्स आर्ट्स

ISBN : 978-93-90944-51-4

समर्पण

यह दोनों नाटक मैं आई (नानी महादेवी साबत), बज्जू
मामा (ब्रज गोपाल साबत) और माँ (मनुप्रभा साबत)
आपको समर्पित करता हूँ।

यह दो नाटकों का संग्रह है। ये बद्रीनाथ जी ने अपने लेखन के शुरूआती दौर में लिखे थे, इसका लेखन मूल रूप से 2009-10 के बीच में हुआ था; उस दौर के समझ के अनुसार उम्दा लेखनशैली है। जिसमें दो नाटक हैं, दोनों के दोनों अवसाद नाटक हैं। एक में जहाँ बद्रीनाथ जी ने अपने संघर्ष के दिनों में अपनी दोस्ती और जगहों का ज़िक्र किया है, तो दूसरे में उन्होंने दो बुज़ुर्गों की मानसिक स्थिति को बयाँ किया है, जब उनके बच्चों द्वारा वे उपेक्षित होते रहते हैं। एक सामाजिक नाटक के तौर पर पेश करते हुए उन्होंने बहुत ही बेहतरीन तरीक़े से सबकुछ दर्शाया है।

बद्रीनाथ साबत

जन्म 2 मई 1986

बद्रीनाथ एक निम्न माध्यम वर्गीय तबक़े से ताल्लुक़ रखते हैं। यही बात उनकी लेखन में झलकती है। ये समाज में रह रही दबी-कुचली आवाज़ों को एक कड़ी मे लाकर अपने लेखन के ज़रीये दर्शाते हैं। इसके अलावा सिनेमा बनाने में भी रुचि रखते हैं। उनकी बनायी फ़िल्में देश विदेश में चर्चित रही हैं। देश विदेश में उनकी लघु फ़िल्मों ने तारीफ़ बटोरी है। उनका एक उपन्यास भी आप तक पहुँचने के लिए तैयार है। आप लोग जल्द पढ़ सकेंगे।

धन्यवाद

अनुक्रमाणिका

एक मशहूर लेखक की मशहूर चौपाल
यानी गैस निकालने का अड्डा
(एक हास्य – नाट्य रूपान्तरण)

यह नाटक कुछ सत्य घटनाओं पर आधारित है। यहाँ के हर पात्र के साथ मेरा सीधा संबंध है, वे मुझे जानते हैं, पहचानते हैं और मैं भी। यह नाटक मेरे गुरुजी के कार्यस्थल पर घटित कुछ घटनाओं पर आधारित है। इस नाटक के शीर्षक पर जिस मशहूर लेखक का ज़िक्र है वो मेरे गुरुजी 'सागर सरहदी', जो मेरी ज़िन्दगी में एक प्रेरणास्त्रोत बनकर आये, मुझे प्रोत्साहित किया, सिखाया। मैं उनका हमेशा के लिए आभारी रहूँगा।

वो हमेशा मुझसे एक सवाल किया करते थे, उनका किया हुआ यह सवाल मैं कभी नहीं भूल पाऊँगा-

तू मादरचोद पैदा क्यों हुआ?

जो मेरी आत्ममंथन की वजह बना।

शायद कभी मुझे मौक़ा मिले या ना मिले, मेरे लेख आवाम तक पहुँच पायें या नहीं पहुँच पायें, मैं ख़ुश रहूँगा, क्यूँकि मैं यह जानता हूँ प्रकृति-माँ का हाथ सदैव मेरे साथ है और रहेगा।

इस नाटक का हिस्सा बने तमाम पात्रों से मेरी विनम्र गुज़ारिश है कि घटित घटनाओं की रचना की वजह से अपने आपको संकीर्ण ना करें, क्यूँकि यह उन तमाम घटनाओं का हास्य नाट्य रूपांतरण है। फिर भी किसी स्थिति में, जाने-अंजाने में, किसी की भी भावनाओं को ठेस पहुँचाता है तो मैं उनसे क्षमा चाहूँगा।

धन्यवाद

बाबा बद्रीनाथ साबत

पात्रों के नाम

सागर साहब (मशहूर लेखक)

राज अवधेश (एक कन्फ्यूज़ एक्टर)

राकेश साहब (फ़िल्म लेखक)

बद्रीनाथ (मैं)

भगवान तिवारी (अभिनेता)

संजीव कुमार जैन (अभिनेता)

हरीश जाधव (अभिनेता- सागर साहब के प्रोडक्शन मैनेजर)

अवनीश (अभिनेता)

विकास श्रीवास्तव (अभिनेता)

पत्रकार साहब

स्वप्निल साहब

एक आगंतुक

शब्बीर साहब

झा साहब

स्थान :- सागर साहब जी का कार्यस्थल

समय :- दिन, 2.30 दोपहर

कमरे में रौशनी धीरे-धीरे बढ़ रही है, सागर साहब एक कुर्सी पर बैठे हुए हैं, एक किताब पढ़ रहे हैं।

(बद्रीनाथ प्रवेश करते हैं)

सागर साहब किसी के आने की आहट पाकर अपना सिर उठाते हुए देखते हैं।

सागर साहब:-   (हँसते हुए) मादरचोद .... कोई काम धन्धा नहीं है?

(बद्रीनाथ हँसते हुए जाकर उनके पाँव छूते हैं)

सागर साहब:-   बैठ-बैठ, मैं ज़रा यह चैप्टर ख़त्म कर लेता हूँ!

बद्रीनाथ:-   जी ....!

(बद्रीनाथ, सामने रखी हुई गद्दी पर बैठ जाते हैं)

सागर साहब:-   मैंने तुम्हारे लिए 'स्क्रीन' रखा है, वहाँ। तुम्हें बताया था ना? मणीरत्नम जी के बारे में एक लेख छपी है। वह ज़रा पढ़ लो....... ('स्क्रीन' एक मशहूर बॉलीवुड मैग्ज़ीन का नाम है।)

बद्रीनाथ:-   जी सर।

(बद्रीनाथ स्क्रीन लेकर पढ़ने लगते हैं)

सागर साहब:-   मुझे ना, कभी-कभी तुम ज़रूरत से ज़्यादा कान्फ़िडेंट लगते हो।

बद्रीनाथ:-   सर मैं जानता हूँ... दुनिया का सबसे बड़ा लेखक बनना चाहता हूँ।

(सागर साहब टोकते हुए)

सागर साहब:-   चुप मादरचोद...... कुछ नहीं जानते..... यह दुनिया बहुत मादरचोद है। तुम जानते हो ना मैं कौन हूँ? यह देखो यह सिल्वर जुबली, यह देखो यह गोल्डन जुबली। यह रही मेरी बनायी हुई फ़िल्म एक लीजेंड ....इस मुल्क के फ़िलहाल के चार बड़े राइटर में मेरा नाम शुमार है। फिर भी ५ साल हो गये एक भी काम नहीं!.... एक सिंगल काम!

(धीरे से समझाते हुए)

इस बात को समझो.... तुम इस इंडस्ट्री को नहीं जानते.... काम करो पैसा कमाओ, ऐश करो ..... अपनी ज़िन्दगी जिओ! तुम तो अभी बच्चे हो.... तुम्हारे पास वक़्त है। जहाँ से दो पैसे मिलें वो करो, अपने आपको डेवलप करो। जब तुम्हारा वक़्त आयेगा दिखा देना!

बद्रीनाथ:-   मगर सर....

सागर साहब:-   ओ .....हो ...... तुम समझते क्यों नहीं बात को... तुम टैलेंटेड हो, दस काम आते हैं। .... क्यों तुम वो नहीं करते हो? ग़लत मत समझना ....

बद्रीनाथ:-   जी सर।

सागर साहब:-   मैं एक सरहद पार से भागकर आया हुआ रिफ़्यूज़ी, कुछ नहीं था हमारे पास। उस वक़्त राइटिंग करके महीना 50 रुपये नहीं कमा सकता था। लाचार, बेकारी, ग़रीबी ने मुझे ले आया इस इंडस्ट्री में। पल भर के लिए मैं भी इस चका-चौंद भरी नगरी में खो गया था, फिर मैंने अपने आपको समेट लिया। 'कभी-कभी' के सुपर-डुपर हिट होने के बाद मुझे 40 फ़िल्में ऑफ़र की गयीं, पर मैंने एक सिंगल फ़िल्म भी साइन नहीं की। हाँ!... यह है सागर सरहदी......! बेटा, यह लाइफ़ अल्टीमेटली सैड है। दुःख और लाचारी के सिवाय कुछ नहीं है इसमें। बस यह जो ख़ुशियाँ हैं, बहला देती हैं हमारे दिल को पल भर के लिए। मैं मार्कसिस्ट हूँ! मार्कसिज़्म को मानने वाला इंसान। ज़मीन, आम आदमी, ग़रीबी से जुड़ा हुआ इंसान। इसी क़िस्से के साथ जुड़ी हुई

फ़िल्में लिखता हूँ, बनाता हूँ। यह आजकल वाली फ़िल्में मैं नहीं लिखता, नहीं बनाता। 'बाज़ार' जब बन गयी थी तब मैंने बेचने के लिए पचास ट्रायल रखे, देखने के बाद हर एक यही कहता था कि यह पिक्चर एक दिन भी नहीं चलेगी, लेकिन मैंने जैसे-तैसे पिक्चर रिलीज़ किया। हिंदुस्तान के आवाम ने अपनाया, सम्मान दिया मुझे। मैं अब भी कहता हूँ, मैं यह सब डिज़र्व नहीं करता। मुझमें मदर-नेचर ने इतनी-सी (नाख़ून के कोना दिखाते हुए) कला दी है और मैं जी-जान से खेल गया। ख़ैर......तुम चाय पियोगे......?

बद्रीनाथ:-   नहीं अभी नहीं सर, थोड़ी देर के बाद पी लूँगा।

(सागर साहब अपना सिर हिलाते हुए अपने बुक पढ़ने में व्यस्त हो जाते हैं।)

(कुछ ही क्षण में राज अवधेश का प्रवेश)

राज:-   (सीधे बद्रीनाथ के तरफ़ जाते हुए) बिल्लू आया था क्या? (हाथ मिलाते हैं दोनों)

(राज, सागर साहब की तरफ़ जाते हैं।)

बद्रीनाथ:-   अभी तो नहीं आया!

सागर साहब   :-   चूतिये! आ गये आप? (दोनों हाथ मिलाते हैं)

सागर साहब   :-   कहाँ थे आप? देर हो गयी! आप तशरीफ़ का टोकरा उस कुर्सी पर रखिये....! हा हा हा.....

राज :-   जी हुज़ूरे आला!

(राज साहब जाकर कुर्सी पर बैठ जाते हैं)

राज:-   (बद्री से पूछते हैं) और कहीं कुछ चल रहा था?

बद्रीनाथ:-   क्या.....?

राज:-   ऑडिशन......

बद्रीनाथ:-		जी........ पता नहीं .... राज साहब मैं राइटर हूँ। हाँ! हालाँकि कभी-कभी ऑडिशन के लिए चले जाता हूँ! मुझे ऑडिशन के संदर्भ में ज़्यादा जानकारियाँ नहीं रहती।

राज:-			(अपना सिर हिलाते हुए) अच्छा........

(थोड़ी देर के बाद)

राज:-			आज मैं अनिल गफ़ूर जी के प्रोडक्शन हाउस पर गया था। चल रहा था ऑडिशन, इसलिए लेट हो गया। कैरेक्टर हमारे एज-ग्रुप के नहीं थे, भगा दिये मादरचोद!

बद्रीनाथ:-		कोई बात नहीं, होता रहता है।

राज:-			हाँ वो तो है। अच्छा रोल नहीं रहेगा ना तो मैं तो नहीं करने वाला। भक मादरचोद! बैरी जॉन के 'A grade' वाले स्टूडेंट हैं हम। जहाँ से फ़ारूक़ ख़ान निकला है।

बद्रीनाथ:-		अच्छा याद आया, आपका बैरी जॉन भी तो फ़िल्म बना रहा है, नफाजुद्दीन को लेकर।

राज:-			हाँ... बुलायेगा वो!

			(राज साहब अपना टैब निकालकर कुछ देखने लगते हैं।)

			(उसी समय राज जी को कुछ याद आ जाता है और तेज़ आवाज़ से चिल्लाते हुए)

राज:-			हुज़ूर! .... हुज़ूरे आला! ....

सागर साहब:-		मादरचोद चिल्ला क्यों रहा है?

राज:-			सॉरी, कान की मशीन लगाये हुए हैं क्या?

सागर साहब:-		हाँ तो?

राज:-			आपके लिए कुछ लेकर आया था!

सागर साहब:-		क्या?

			(राज अपने बैग में से एक मैग्ज़ीन निकालकर दिखाते हुए)

सागर साहब:-		कौन-सी मैग्ज़ीन है वो... दिखा ज़रा!......

					शुरूआत के दो नाटक

राज:-   'तहलका' नारी स्पेशल, 3-4 ज़बरदस्त लेख हैं……….
                   पी.एन. नायडू ने क्या लिखा है, फाड़ के रख दिया सबकी।

सागर साहब:-   दे ज़रा इधर (राज, सागर साहब को देता है)

सागर साहब:-   कितना हुआ?

राज:-   60 रुपये……नहीं नहीं, 80 रुपये ………

सागर साहब:-   80 रुपये क्यों?……60 ही दूँगा!

राज:-   अरे हुज़ूर……पेट्रोल बहुत महँगा हो गया है!आने-जाने
                   का भाड़ा भी जोड़ूँगा। देखिए कल ही तो २ रुपये और बढ़े
                   हैं।

सागर साहब:-   चुप मादरचोद ………बकवास बंद कर, 60 रुपये दूँगा।
                   एक पैसा ज़्यादा नहीं दूँगा! मार्कसिस्ट हूँ, 100 रुपये
                   ग़रीब को दे दूँगा, पर एक पैसा फ़ालतू नहीं ख़र्चूँगा।

राज:-   (हँसते हुए) जी कामरेड, हम आप के पीछे हैं, लगे
                   रहिये।(सब लोग हँसने लगते हैं) (सागर साहब पैसे दे देते
                   हैं)

राज :-   एक मिनट…ज़रा मैग्ज़ीन मुझे दीजिए!

सागर साहब:-   क्यों…..पैसे ले लिये ना!

राज:-   तो क्या हो गया? दीजिए ज़रा……मैं अभी तुरंत फिर से
देता हूँ!

सागर साहब:-   नो……नहीं ………

राज:-   अरे…….एक मिनट के लिए।

सागर साहब :-   नो……….

राज:-   अरे समझ क्यों नहीं रहे हैं!

सागर साहब :-   शटअप (फटाफट मैग्ज़ीन बैग में रखते हुए)

राज :-   (हँसते हुए) अरे मैं ही तो लेकर आया था।

सागर साहब:-   तो क्या हुआ? देने से पहले पढ़ा क्यों नहीं! चुप... डिक्की
                   पर लात मारूँगा। इतनी बड़ी चौड़ी डिक्की बनाया है कि
                   कोई असर नहीं होगा। उल्टा मैं गिर पड़ूँगा।

                   (सागर साहब हँसने लगते हैं।)

सागर साहब:-   (बद्री की ओर देखते हुए) दोस्त है ना! कुछ भी कहने की
                   आज़ादी मिल जाती है।

बद्रीनाथ :-   जी......(हँसते हुए)

राज:-   उसमें ना, राइटर रघु वर्मा के बारे में लेख छपा है।

सागर साहब :-   अच्छा.........! बद्री मैं न सुबह 5 बजे उठता हूँ, सुबह-
                   सुबह 5 घंटे पढ़ता हूँ।

                   अपना प्रोफ़ेशन है ना यह बच्चा! अगर पढ़ेंगे जानेंगे नहीं
                   तो लिखेंगे कैसे?

बद्रीनाथ:-   जी सर।

राज:-   इसलिए मुझे कोई भी मैग्ज़ीन मिल जाये, हुज़ूर के लिए
                   लेकर आता हूँ।

                   (सागर साहब बैग में से मैग्ज़ीन निकालकर, चश्मा लगाने
                   के बाद पढ़ने लगते हैं।)

राज:-   है ना हुज़ूर?

सागर साहब:-   हाँ, क्या बोला?

राज :-   हुज़ूर मैंने बोला, मैं आपका कितना ख़याल रखता हूँ।

सागर साहब :-   हाँ वो तो है!

                   आप नहीं होते तो ना जाने हमारा क्या होता।
                   (हँसते हुए)(भगवान तिवारी साहब प्रवेश करते
                   हैं। भगवान तिवारी, बद्रीनाथ से हाथ मिलाते हैं.......
                   राज साहब खड़े होकर गले मिलते हैं। भगवान
                   तिवारी, सागर साहब से हाथ मिलाते हैं।)

राज:-	और कैसे हैं आप?
भगवान:-	बिल्कुल बढ़िया! आप?
राज:-	अपना क्या चल रहा है।
सागर साहब:-	तबीअत अभी ठीक है?
भगवान:-	हाँ सर, अभी पूरी तरह से ठीक हूँ।
सागर साहब:-	गुड!

यह चैप्टर थोड़ी इंट्रेस्टिंग है, एक पैरा बस, फिर बैठते हैं।

गप्पे मारेंगे !

भगवान:-	जी सर।
राज:-	बिल्लू मिला था?
भगवान:-	आते वक़्त इन्फ़िनिटी के पास मिल गया था।
राज:-	कुछ बोला?
भगवान :-	हाँ-हाँ वो आदत-सी लग चुकी है ना।

वही उसका रोज़ वाला अंदाज़।

राज :-	बोलो भी क्या बोला? (हँसते हुए)
भगवान:-	अब क्या बोलूँ! बोल रहा था.....कहीं थिएटर गया हुआ था मूवी देखने 'सोशल 24', 100 रुपये ज़्यादा देकर ब्लैक में ख़रीदनी पड़ी टिकिट।
राज:-	और?
भगवान:-	कुछ नहीं, फेंक रहा था..... फ़िल्म आये हुए 3 हफ़्ते हो चुके हैं। बताओ ज़रा, कौन-सी थिएटर में सोशल 24 ब्लैक में बिक रही है?
राज:-	साला, बड़ा कमीना है। हमें तो और थोड़ा एड कर के सुना दिया।

| भगवान:- | और क्या सुना दिया? |

राज:- हमें यह कहानी तो सुनाई ही, पर साथ में कुछ और भी कह दिया!

कहा, वहाँ कोई और दम्पति आये हुए थे, हसबैंड ने अपनी वाइफ़ को इशारे में कहा वो देख, यह भी फ़िल्म में है। वाइफ़ तो पागल एकदम, हाथ हिलाते हुए चीख़ने चिल्लाने लगी।

(सब लोग हँसने लगते हैं)

(संजीव जैन साहब का प्रवेश)

राज:- हुज़ूर.....हुज़ूर .....आपके जेम्स बांड साहब आ गये!

सागर:- कौन? संजीव........कहाँ?

राज:- वो सामने से कहाँ आते हैं?

अभी सामने से गये हैं....... पीछे से घूमकर आयेंगे।

सागर साहब:- (हँसते हुए) कमाल है!

राज:- ये लीजिये आ गये!

(संजीव साहब सब से हाथ मिलाते हैं....... सागर साहब के पास बैठ जाते हैं)

संजीव साहब:- सागर साहब कैसे हैं आप?

सागर साहब:- मैं तो एज़ यूज़ुअल ....! ठीक हूँ, जी रहा हूँ....!

संजीव साहब:- ठीक से खाना-पीना कर रहे हैं कि नहीं?

सागर साहब:- अभी तो ठीक है।

बाई गॉड तुम्हारा लाया हुआ च्यवनप्राश अपना कमाल दिखा दिया। थोड़ी-थोड़ी भूख भी बढ़ी है।

एनर्जी भी आ रही है। पढ़ रहा हूँ, लिख रहा हूँ.....! कहीं बस इतनी-सी (हाथ से इशारा करते हुए) बची हुई है, वो भी जल्द से जल्द ठीक हो जायेगा। काम चालू हो जाये, कुछ बात बने, लिखें, पढ़ें, कुछ करें, तो ना मैं पूरी तरह ठीक हो जाऊँगा।

(संजीव साहब अपना चश्मा उतारते हैं और अपने बैग में रखते हैं।)

संजीव साहब:-	जी-जी! .....वो भी जल्द से जल्द हो जायेगा।

भगवान:-	आप ये पीछे से क्यों आते हो?

संजीव साहब:-	(हँसते हुए) सब सामने से ही आते हैं! मैंने सोचा कुछ अलग करूँ।

और बस पीछे से आना शुरू कर दिया।

भगवान:-	(राज की तरफ़ इशारा करते हुए) हाँ! तो मैं क्या कह रहा था...

हाँ....... !

बाय गॉड सोशल 24 में काम करने के बावजूद भी मैंने ख़ुशी से उसमें काम किया है, यह किसी को नहीं बताया।

भगवान क़सम, फ़िल्म की शूटिंग के दौरान भी मैंने अपने आप को छिपाने की कोशिश की थी।

फ़िल्म जब रिलीज़ हुई, मैं उत्तर प्रदेश में था, थिएटर पहुँचा देखने के लिए, अपने आपको छिपा के रखा, ताकि कोई कहीं पहचान ना ले मुझे।

राज:-	(हँसते हुए) फेंकता है साला......

एक दिन मैं नफ़ाज़ुद्दीन से मिला, उससे पूछा बिल्लू खल्लास में मैन विलन का रोल कर रहा है क्या?

भगवान:-   छोड़िये यार... उसकी तो आदत ही ऐसी है।

राज:-   (हँसते हुए) अरे सुनो तो सही, मैं .....पहले
                  ख़त्म तो कर लूँ!

                  उसने बोला तो फिर हम लोग क्या झाँट उखाड़ रहे
                  हैं। (सब लोग हँसने लगते हैं।)

भगवान:-   क़सम से कह रहा हूँ.....यह फ़िल्म करके मैं
                  सिर्फ़ पछताया हूँ। विश्वास

                  नहीं करोगे डिप्रेशन में चला गया। बीमार पड़
गया था मैं।

संजीव साहब:-   कौन-सी फ़िल्म की बात हो रही है?

राज:-   सोशल 24

                  (संजीव जी खड़े हो जाते हैं।)

संजीव साहब:-   सुनो...सुनो ...मेरी बात ग़ौर से सुनो!

                  फ़िल्में तो आप लोगों ने कर लीं और अब झगड़
                  रहे हो। क्या आप यह जानते हो........आपकी
                  फ़िल्म की प्रमोशन के लिए कनौज बाजपई मेरे
                  पास आये और रिक्वेस्ट किये, तो मैंने आप लोगों
                  के फ़िल्म का प्रोमो किया।

राज:-   क्या बात कर रहे हो?

संजीव साहब:-   (हँसते हुए) अरे यार सी.आई.डी. में तो सोशल
                  24 के प्रमोशन के लिए कनोज

                  बाजपेई आया था।

                  इन्सपेक्टर का किरदार निभाया था मैंने। क्या
                  मैंने यह बात अभी तक किसी को

                  बतायी?

                  तुम लोग भेनचोद.... क्राउड में खड़े हो जाते हो

                                        शुरूआत के दो नाटक

और अपने आपको हीरो बना लेते हो फ़िल्म का!

(सब लोग हँसने लगते हैं।)

क्या बोले यार....! 3 हफ़्ते हो गये हैं, फ़िल्म को आये हुए 3 हफ़्तों से भेनचोद थक चुका हूँ सुनते-सुनते, मेरा काट दिया, वो थोड़ा ज़्यादा दिखा, मैं कम दिखा, इसने झूट बोला .....उसने सच बोला।

बंद करो यार यह सोशल 24 की कहानी!

कुछ फ़्रेश डिस्कशन करो यार!

सागर साहब:-   सही मादरचोद, सही......3 हफ़्ते से गाँड़ मार कर रखे हैं। (हँसते हुए)

संजीव साहब:-   अरे आप लोग तो उसे अच्छे से जानते ही हो यार, बोल दिया थोड़ा बहुत।

आप लोग भी इस कान में डालकर उस कान से निकाल दो!

काम तो किया ना उसने?

तू बता राज..... तुझे काम क्यों नहीं मिला? तुझसे तो टैलेन्टेड है ना वो!

राज:-   क्या घंटा!

मैं तो मादरचोद ऐसा काम करूँगा ही नहीं।

भगवान:-   हमारा कहने का ये मतलब नहीं था! हम भी चाहते हैं, वो अच्छा काम करे, नाम हो

उसका, लेकिन यह रास्ता सही नहीं है। झूट कब तक बोलोगे यार? एक ना एक दिन

तो ये सामने आना ही है। तो फिर क्यों ना साफ़-साफ़ ही हम कहें!

किसी को नीचा दिखाये बग़ैर भी आप बड़ा बन सकते हो। तो फिर आप दूसरों को क्यों नीचा दिखाते हो!

राज:-   हाँ........यह बात तो सच बोला आपने!

कभी भी आ जाता है कहने लगता है, फ़लाना फ़िल्म में मैंने कनोज बाजपेई को रिपलेस किया, वह फ़लाना पिक्चर में जिरफ़ान ख़ान को रिपलेस किया। यह सब कहने की क्या ज़रूरत है? तुम तो जानते हो ना........कनौज और जिरफ़ान कहाँ ......और ये कहाँ!

संजीव साहब:-   बंद करो यार ......

तुम लोग तो घंटा समझोगे नहीं...... फ़ालतू में बक-बक करके अपनी जान जला रहे हो, सर दर्द करने लगा है। सागर साहब की बिना दूध वाली चाय पी लेता हूँ यार! बद्री तुम्हारे लिए बनाऊँ?

बद्रीनाथ:-   नहीं-नहीं सर मैं ख़ुद बना लेता हूँ सर

संजीव साहब:-   कोई बात नहीं यार........ बना देता हूँ मैं...

बद्रीनाथ:-   जी शुक्रिया!

(संजीव साहब चाय बनाने में लग जाते हैं।)

भगवान:-   संजीव साहब...... 'लैंडमार्क' (बुक स्टोर का नाम) में बुक की सेल चालू हुई?

संजीव साहब:-   वो तो हमेशा चालू रहती है!

भगवान:-   मेरा कहने का मतलब ये नहीं था!

फ़रवरी और मार्च में जो सेल लगती है ना, उसमें भारी छूट रहती है। बुक बड़ी सस्ते दामों में मिल जाती है।

संजीव साहब:-   वही सत्तर प्रतिशत तक का पहले से ही था, अब भी है।

    शुरूआत के दो नाटक

भगवान:-	(सागर साहब को कहते हुए) सर, इजाज़त चाहिए।
सागर साहब :-	जा रहा है?
भगवान:-	जी....
सागर साहब:-	आज रीडिंग है ..... 5 बजे ..... जिसमें एक मेरा नाटक है! जिसमें
	राजेश खन्ना, वी.के. सूरमा ने काम किया था।
	फिर रात हो गयी
	वन एक्ट प्ले मेरी ही लिखी हुई!
भगवान:-	सर, फिर कभी, आज थोड़ा-सा काम है।
सागर साहब:-	काम है तो ..... मना नहीं करूँगा! अगली बार आना।
भगवान:-	जी सर। (भगवान साहब सब से हाथ मिलाते हुए चले जाते हैं।)
राज:-	मेरे लिए तुम लोग चाय मत बनाओ....मेरी चाय मैं ख़ुद बनाता हूँ।
सागर साहब:-	ना वो दूसरे के लिए बनाता है, ना वो दूसरे के हाथ की पीता है!
	बनाने दो उसे।
	(संजीव साहब हँसते हुए चाय लेकर आते हैं)
संजीव साहब:-	सागर साहब ये रही आप की चाय!...बद्री ये तुम्हारी!
बद्रीनाथ:-	जी बहुत-बहुत शुक्रिया!

संजीव साहब:-	सागर साहब….. सागर साहब……

खाकरा (गुजराती व्यंजन) किधर है? आज लाये नहीं क्या?

सागर साहब:- है…. है ….लाया हूँ! इधर मेरे बैग में है।

संजीव साहब:- हाँ तो निकालिये ना!

(सागर साहब खाकरा और बिस्कुट निकालकर टेबल पर रखते हैं। हड़बड़ाते हुए राकेश पांडे जी का प्रवेश)

सागर साहब:- (ख़ुशी से) पांडे!

(राकेश पांडे सब से हाथ मिलाते हुए एक कुर्सी पर बैठते हैं।)

सागर साहब:- यह मिट्टी का कुल्हड़ अपनी तरफ़ रख (मिट्टी की कुल्हड़ अपने तरफ़ लेते हुए, एक सिगरेट निकालकर पांडे जी फूँकने लगते हैं और ऐश (राख) उस कुल्हड़ में डालने लगते हैं।)

सागर साहब:- और तुम्हारी मीटिंग कैसी रही?

राकेश पांडे:- बहुत बुरा रहा आज का दिन।

2 मीटिंग और दोनों के दोनों ख़राब हो गये।

वो जो लव स्टोरी आपको सुनायी थी, वो २ साल हो गये लॉक हुए प्रोड्यूसर ने एक ठेला तक नहीं दिया, क्या बताऊँ। ऊपर से आज पता चला, वही कहानी के लिए वो प्रोड्यूसर फाइनैंसर से लाखों ऐंठ चुका है। 3 बार पैसे देने की डेट दे चुका है।

सागर साहब:- च….च….च….. (सब दुःखी होते हुए)

बद्री…. बद्री……देख क्या कह रहा था?

सुन अब!

टैलेन्टेड राइटर, अच्छा पढ़ा-लिखा, कुछ फ़िल्म भी किया हुआ है। फिर भी उसकी क्या दशा है। अच्छी कहानी, अच्छे कॉन्टेक्ट होते हुए भी, कोई एक पैसा देने के लिए तैयार नहीं।

राकेश पांडे:-   यह लोग क्या समझेंगे!

ना कोई लिटरेचर के बारे में इन्हें पता है, ना कोई बुक-उपन्यास पढ़े हैं, बस आ गये राइटर बनने, ना जाने क्या समझकर।

सागर साहब:-   बहुत ही बुरी स्थिति है बद्री,

बहुत ही बुरी स्थिति है।

बद्रीनाथ:-   जी सर...

राजसाहब:-   पर बद्री की एक बात अच्छी है।

सच बात कहता है, मानता है कि वो इतने साहित्य को नहीं जानता।

कहता भी है, वो ज़्यादा उपन्यास कहानियाँ नहीं पढ़ा।

बद्रीनाथ:-   मेरा मानना है, ज्ञान की एक हद, एक सीमा है। पर कुदरत ज्ञान का भंडार है। मैं

कुदरत से और अपनी अनुभूती से प्रेरित होकर कहानियाँ लिखता हूँ और वो सब से

अलग होती हैं।

राकेश पांडे:-   कुछ नहीं...कुछ नहीं....यह सब.....उपन्यास, कहानियों और अच्छे राइटर्स को पढ़ो।

सागर साहब:-   बकवास करता रहता है।

जानोगे नहीं, पढ़ोगे नहीं, तो लिखोगे कैसे?

सब बकवास है, पढ़ना पड़ता है!

बद्रीनाथ:-	जी सर!

अभी दो-तीन महीनों से मैंने पढ़ना शुरू किया है। अपना साहित्य और विदेशी साहित्य को समझने की कोशिश कर रहा हूँ।

| सागर साहब:- | पढ़ो-लिखो...कुछ काम करो, दो पैसा कमाओ, शानदार ज़िन्दगी जिओ। |

| संजीव साहब:- | अरे सागर साहब छोड़िये वो सब बातें, मेरी बात सुनिए......मेरा काम तो आपने किया ही नहीं! |

| सागर साहब:- | कौन-सा काम? |

| संजीव साहब:- | अरे सर! आपको बोला था ना! |

मेरी अधूरी कहानी!

मुझे और माधुरी जी को साथ में लेते हुए कुछ सोचिये।

| सागर साहब:- | तुम संजीव, हालात की संजीदगी को समझो। |

पैसे कहाँ है मेरे पास यार!

यह देख, मादरचोद फ़िल्म बनाया, करोड़ रुपये फँस गये!

कुछ पैसा आये या कोई फ़ाइनेंसर सामने आये तो कुछ सोचे!

| संजीव साहब:- | च....च....च ....(परेशान होकर) |

अरे आपको किसने बोला फ़िल्म बनाने के लिए...मैंने क्या बोला आपने शायद ठीक से सुनी नहीं!

| सागर साहब:- | ऐसे नहीं बोला? |

| संजीव साहब:- | नहीं....बिल्कुल नहीं! |

मैंने, 'कुछ सोचो', 'कुछ लिखो' बोला।

| सागर साहब:- | अच्छा! |

तो लिखकर क्या गाँड में डालूँगा!

| संजीव साहब:- | अरे सागर साहब, मैंने कहानी शुरू की ही नहीं और आप क्लाइमेक्स पर पहुँच गये! है अपने पास प्रोड्यूसर, मैं लेकर आऊँगा। पहले कुछ लिखिए तो सही, कुछ है क्या आप के पास? |

| सागर साहब:- | यह कैसा सवाल है मादरचोद? |

राइटर को पूछता है, कोई कहानी है क्या? है ना!

| संजीव साहब:- | हाँ तो बताइये.... आगे का प्रोसेस करते हैं। |

| सागर साहब:- | एक कहानी, इन्टरनेशनल स्टैंडर्ड की है। पूरी तरह से सेटेल्ड लव स्टोरी 'हम-तुम' और 12-8 आउटस्टैन्डिंग कहानी हैं। |

| संजीव साहब:- | तो मैं माधुरी जी से बात करूँ? |

| सागर साहब:- | कर! |

(सब लोग खाकरा, बिस्कुट खाने लगते हैं)

| राज:- | हुज़ूर.... आपका Hero कहाँ गया? |

अभी तक आया नहीं!

| सागर साहब:- | कौन? |

| राज:- | विकास! |

| सागर साहब:- | (हँसते हुए) मुझे क्या पता! |

तुम भी दोस्त हो.... वो भी दोस्त है। वो अज़ीज़ इसके लिए है, क्यूँकि वो काम करता है । दो पैसे कमाता है, भागता दौड़ता है, ऑडीशन देता है, मुझे अच्छा लगता है ।

तुम तो मादरचोद कुछ करते नहीं हो ......बस बैठे-बैठे कुर्सी तोड़ते हो ।

(सब लोग हँसने लगते हैं)

सागर साहब:-	अरे राकेश........
राकेश पांडे:-	जी........
सागर साहब:-	वो, न्यूज़ पेपर वाले का क्या हुआ?
राकेश पांडे:-	कहाँ है, देखता हूँ!

(राकेश पांडे कॉल लगाते हैं अपने मोबाइल से, थोड़ी देर तक फ़ोन लगाकर रखते हैं पांडे जी, पर फ़ोन 'नॉट रिचेबिल' बताने के कारण कॉल कट करते हैं।)

सागर साहब:-	क्या हुआ?

| राकेश पांडे:- | फ़ोन लग नहीं रहा है, एक उनका काम ही रहता है ऐसा कि उन्हें पकड़ना मुश्किल होता है। इधर-उधर मीटिंग्स में रहते हैं। |

ख़ैर बोला है तो ज़रूर आयेगा वो!

| सागर साहब:- | कोई बात नहीं! |

(हरीश जी प्रवेश करते हैं)

(हरीश जी अपना बैग उतारकर रखते हुए सबसे हाथ मिलाते हैं और सागर साहब के हाथों में दो लेटर देते हैं।)

| हरीश:- | यह कुछ लेटर आये हैं। .....बाहर पड़ा हुए थे। |

| सागर साहब:- | अच्छा ! (चश्मा लगाते हुए) |

(लेटर्स देखते हुए पढ़ने लगते हैं)

(सारे लोग कुछ ना कुछ आपस में बातें कर रहे हैं)

| सागर साहब:- | अरे मादरचोद...... |

यह इन्कम टैक्स वाले फिर से लेटर भेज रहे हैं......

अरे हरीश .....

यह ज़रा चेक करके देखना, यह किसलिए भेजे हैं?

| राकेश पांडे:- | लाइए.....इधर लाइए...... |

(सागर साहब........राकेश जी को देते हैं)

| सागर साहब:- | 6 महीना नहीं हुआ.....फिर से भेज दिये लेटर्स... |

| राकेश पांडे:- | कुछ दो लाख रुपये के बारे में लिखा हुआ है। |

| सागर साहब:- | 2 लाख!! |

अब क्या होगा मेरा!

| राकेश पांडे:- | डरने की बात नहीं है....... |

कुछ ग़लती हुई है शायद!

| सागर साहब:- | डरने की बात नहीं है..... |

तो फिर ठीक है। (हँसते हुए)

| हरीश:- | वह क्या है ना, इनका सी.ए. ठीक नहीं है। |

सागर साहब:-   मुझे डर इस बात का है,

अगर हम इनकी बातों को हल्का लेंगे……यह कुछ भी कर सकते हैं।

बड़ी मादरचोद क़ौम है!

लास्ट टाइम इनके लेटर आये, साढ़े बाहर लाख के। मुझसे बात हुई तो मैंने कहा मेरे पास कुछ भी नहीं है हाल फ़िलहाल। कहने लगे घर के साथ अटैचमेन्ट लेकर आयेंगे। कितनी बड़ी बात कह दी! इसलिए डर लगता है।

संजीव कुमार:-   सागर साहब,

आप फ़ालतू में डरते हैं! मेरा नाम बोल देते उनको।

सागर साहब:-   चुप मादरचोद, बकवास करता है।

मैंने कह दिया उन्हें…..मेरा नाम सागर सरहदी है, मेरी ना इस मुल्क में अपनी एक वैल्यू है।

कोई बात नहीं, आप अटैचमेन्ट लेकर आ जाइये। अख़बार में आपके साथ मेरी भी फ़ोटो छपेगी।

संजीव कुमार:-   हाँ।…. ये हुई ना बात !

(अवनीश साहब का प्रवेश)

सागर साहब:-   अवनीश…..अवनीश……

आज कल कहाँ रह जाता है तू?

अवनीश:-   बस कहीं नहीं……

काम रहता है तो आता हूँ।

सागर साहब:-   अच्छा करते हैं……आप।

राज:- और कहीं कुछ चल रहा है? (अवनीश के तरफ़ इशारा करते हुए)

अवनीश:- मेरा?

राज:- हाँ......

अवनीश:- वो एक प्रोजेक्ट था, स्टार्ट ही होने वाला था पर पता नहीं..... शूटिंग पोस्टपोंड हो गयी।

राज:- क्यों?

अवनीश:- पता नहीं, उनकी अंदर की बात।

उड़ती-उड़ती कुछ ख़बर आयी थी, अर्जुन क्षामपाल उसका लीड करने वाला था और अब डेट नहीं दे रहा है।

राज:- क्यों?

अवनीश:- पहले शायद कुछ कम पैसे में साइन कर दिया था और अब चक्रक्यूँ की हिट होने के बाद ज़्यादा माँग रहा है।

राज:- अरे... अरे

(सागर साहब को कहते हुए) अरे सुनें सर.... अवनीश की बातें!)

सागर साहब:- छोड़ उसकी, हमेशा की बातें हैं उसकी! फिर कोई फ़िल्म करने गया और वो भी बंद हो गयी।

इसमें नया क्या है?

(सब लोग हँसने लगते हैं)

सागर साहब:- हरीश, यह देख ज़रा (अपने फ़ोन देते हुए) सबको कॉल कर के पता लगा कौन आ रहा है कौन नहीं आ रहा है?

ताकि हम अपना काम शुरू करें ना! है कि नहीं?

(हरीश साहब अपना कॉल करने में व्यस्त हो जाते हैं)

(शब्बीर साहब प्रवेश करते हैं)

राज:-   आइये…आइये ….शब्बीर साहब….आइये

(शब्बीर साहब हँसते हुए, सबसे हाथ मिलाते हैं)

हरीश:-   सर, सब आ रहे हैं, 5 बजने के लिए अभी टाइम है।

सागर साहब:-   वो तो है!

राकेश पांडे:-   आज क्या-क्या करने वाले हैं?

कौन-कौन पढ़ने वाला है?

सागर साहब:-   आज?

राकेश पांडे:-   हाँ!

सागर साहब:-   सबसे पहले तो….. शब्बीर साहब, अपनी गायकी पेश करेंगे, उसके बाद में अपनी लिखी हुई एक एकांकी पेश करूँगा।

जिसमें राजेश खन्ना और वी.के सुरमा ने काम किया था। फिर रात हो गयी!

सागर साहब:-   वक़्त क्या हुआ?

राकेश पांडे:-   अभी साढ़े-चार बज रहे हैं!

सागर साहब:-   बहुत टाइम है।

हम एक काम करते हैं, 5 बजे चाय पी लेते हैं और सब सवा 5 बजे तक शुरू करते हैं।

राकेश पांडे:-   बेहतर!

जैसे आप बोलो!

हरीश:-   अब भूख हड़ताल से भी क्रांति नहीं आ रही है!

शब्बीर साहब:-	कैसे आयेगी? आप भूखे मरवा दोगे! सरकार को पता भी नहीं चलेगा। क्रांति के लिए....... तलवार चाहिए... जैसे देश स्वाधीन होने से पहले स्वतंत्रता सेनानियों ने की, नेताजी ने की, भगत सिंह ने की।
हरीश:-	तलवार से भी कुछ नहीं होने वाला, सरकार के पास तोप है, गोली-बारूद है। आप तलवार में धार लगाते रह जाओगे और आपका एनकाउन्टर भी हो जायेगा। तब देश पराधीन था, स्वतंत्रता सेनानियों के महत्व कुछ और थे, आज आप थोड़े हिले भी, देशद्रोही बन जाओगे। देखा नहीं आपने ससिमा त्रिवेदी की क्या दशा हुई!
शब्बीर:-	कुछ नहीं होने वाला!
	कितना भी कुछ भी हो जाये वो आपके अंदर के आग को दबा नहीं सकते।
हरीश:-	आप मुझे बताइये, आप तलवार किस पर उठाओगे?
	अपनों पर?
बद्रीनाथ:-	टॉपिक चेन्ज करते हैं।
	क्रांति....लड़ाई से थोड़ा दूर चलते हैं!
शब्बीर:-	नहीं बद्री जी.....यह ज़रूरी है इस देश में!
बद्रीनाथ:-	पर हिंसा रास्ता नहीं होना चाहिए।
शब्बीर:-	हिंसा के बग़ैर क्रांति आयेगी ही नहीं!
हरीश:-	आप ख़ाली कहते हैं......! चलिए आप शुरू कीजिये।
शब्बीर :-	हाँ!
हरीश:-	हाँ...नहीं...... शुरू कीजिये।
शब्बीर :-	मेरे शुरू करने से क्या होगा?

हरीश:- तो किसके शुरू करने से होगा?

शब्बीर:- हिंदुस्तान की आवाम!

हरीश:- तो क्या आप हिंदुस्तानी नहीं हो?

शब्बीर:- मेरा मतलब जनसमूह।

हरीश:- पहले तो कोई एक करे, फिर समूह आयेगा।

शब्बीर:- इसलिए मैं आप सबको जगा रहा हूँ।

हरीश:- हमें मत जगाइये, शुरू कीजिये हम आप के साथ हैं।

बात करते हैं!

क्या आपने कभी वोट दिया है?

शब्बीर:- वोट से इसका क्या मतलब है?

हरीश:- है! सरकार चुनने का अधिकार।

शब्बीर:- मेरे एक के देने से क्या सरकार बदल जायेगी!

हरीश:- जी बदल जायेगी!

अपने वोट देने की अधिकार का इस्तेमाल नहीं कर पाये सरकार के ख़िलाफ़ और क्रांति लायेंगे।

आप ख़ुद पहले कीजिये, हम सब आप का साथ देंगे।

शब्बीर:- वादा?

हरीश:- वादा!

शब्बीर:- चलिए.....क्रांति तलवार वाली शुरू करते हैं।

आप पक्का साथ देंगे ना?

हरीश:- (हँसते हुए) पक्का!

भाई साहब यहाँ बोलने से काम नहीं चलेगा, करके दिखाना पड़ेगा।

(विकास श्रीवास्तव प्रवेश करते हैं)

(विकास जी सबसे हाथ मिलाते हैं, अपना बैग निकालकर गद्दी पर रखते हैं और बैठ जाते हैं।)

राज:-

अरे ये क्या? बाल-वाल सब रंग दिया है?

विकास :-

मैंने थोड़ी ना रंगा है, वो तो आदित्य झोपड़ा ने करवाया है। उसकी फ़िल्म कर रहा हूँ, ना वो 'कन्डूम 3'

राज:-

'ज़ूम 3' क्या बात कर रहा है? वो समीर ख़ान वाली?

विकास:-

हाँ बे...मैं विलेन, साउथ इंडियन डॉन बना हूँ।

यह देख ये टैटू, यह टैटू............

विकास:-

(सागर साहब की तरफ़) सर, अरे सर...

सागर साहब:-

हाँ बोल?

(विकास अपना टैब निकालता है)

विकास:-

ये देखिये सर, यह जो पूरा सेट है ना.... आदित्य झोपड़ा ने सिर्फ़ मेरे लिए बनाया है। ये देखिये सर, मेरा लुक फ़िल्म का। ये देखिये मेरे जूते ....अजगर की स्किन वाले क्या ट्रीटमेन्ट दे रहे हैं, सर.....

राज:-

लेकिन समीर ख़ान ख़ुद उसमें नेगेटिव रोल कर रहा है। तो तू कैसे लीड विल्लन हो गया बे?

विकास:-

भोसड़ी के! उसके बाद वाला विल्लन!

राज:-

अच्छा!

विकास:-

सागर साहब, अलग से वैनिटी वैन, चार-चार मेकअप आर्टिस्ट, आगे-पीछे घूमते हुए। क्या ट्रीटमेन्ट देता है सर...

सागर साहब:-

वाह-वाह.....चूतिये शुरूआत है ये सब!

विकास:-

(टैब से सब को फ़ोटो दिखाते हुए) यह देख, मैं और उदय झोपड़ा। ये अभिषेक टेंशन एक साथ में घंटों बात करते थे। मस्ती करते थे, एक-दूसरे पर जोक्स करते थे।

राज:-

क्या बात कर रहा है?

विकास:-

एक बार तो ऐसा जोक हो गया, अभिषेक और उदय दोनों थे, मैंने अभिषेक जी से कहा, मैंने आप के साथ 'शावन' की और 5 मूवी मिल गयी। उदय सुनते ही हँस पड़ा। कहने लगा यह देख शावन के बाद इसने 5 फ़िल्में कर लीं और तुम्हें एक भी फ़िल्म नहीं मिली।

(सब हँसने लगे)

विकास:-

सर, मेरा लंच?

सागर साहब:-

ये खाकरा रखा हुआ है.... बिस्कुट है, और कुछ चाहिए तो बता?

विकास:-

बहुत है!

सर, उदय ने आपको सलाम भेजा है। मैंने बताया उसे आपके बारे में........ मैं उन्हें जानता हूँ। उनके यहाँ जाता हूँ।

विकास:-

बड़ा ख़ुश हुए। कहने लगे..... हम सागर साहब की बड़ी रिस्पेक्ट करते हैं। बचपन से ही घर में उनके बारे में सुनते आ रहे हैं।

सागर साहब:-

जब मेरा उनके साथ काम चल रहा था, जाना-आना चलता था तभी वो बहुत ही छोटा था।

विकास:-

वो दिखने में चूतिया है, लोगों के सामने उसका इमेज चूतिया का है पर वो, वो है नहीं! बहुत ही इन्टेलक्चुअल है। दुनिया भर की किताबें पढ़ता रहता है।

| राज:- | मैं भी तो दुनिया भर की किताबें पढ़ता रहता हूँ। |

चुप भोसड़ी के! तेरा पढ़ना और दूसरों के पढ़ने में ज़मीन-आसमान का अंतर है। भोसड़ी के तू और दस हज़ार किताब पढ़ ले तेरा कुछ नहीं होने वाला!

(सागर साहब हँसते हैं)

विकास:-

ये देखिये सर, यह किताब मैंने उसे गिफ़्ट की है।

सागर साहब:-

बहुत अच्छा!

तू मस्त है यार, काम कर!

विकास:-

यह देखिये सर, अभिषेक को मैंने यह फुटबॉल गिफ़्ट किया! आज कल वह फुटबॉल में ज़्यादा इन्ट्रेस्ट लेता है। 13000 का बॉल गिफ़्ट किया उसे!

सागर साहब:-

चुप चूतिये, ऐसी हरकत मत करना। इतनी महँगी गिफ़्ट देने की क्या ज़रूरत है। यह साले किसी के सग्गे नहीं होते। बस इनके लिए पैसा, पैसा और पैसा ही सब कुछ होता है!

इतना पैसा ख़र्च करने के बाद भी तुझे नहीं पहचानेंगे।

इस तरह की चूतिया हरकत करके मुझे मत सुनाया करना।

चूतिये, तुझे पैसे की ज़रूरत है। दो पैसे रखेगा भविष्य में काम आयेगा।

विकास:-

सॉरी!

सागर साहब:-

शाम ख़राब कर दी यार!

जा.....जा बैठ उधर!

चाय वग़ैरह कुछ पीना है पी ले।

सागर साहब:-   सब लोग आ गये हैं लगता है।

हरीश:-   कोई-कोई बाक़ी है!

सागर साहब:-   अच्छा (घड़ी देखते हुए)

अभी 4 बजकर 40 मिनट हुए हैं, हम 5 बजे तक सबका इंतज़ार करते हैं। किसी को कुछ चाय-खाखरा चाहिये तो ले लो, फिर शुरू करते हैं।

राज अवधेश:-   जी!

(फ़ोटोग्राफ़र साहब जी एक न्यूज़ पेपर एजेन्सीज़ के साथ जुड़े हुए हैं, वो प्रवेश करते हैं)

राकेश पांडे:-   (सागर साहब को कहते हुए) ये लीजिये सागर साहब, फ़ोटोग्राफ़र साहब आ गये।

सागर साहब: -   हाँ ……. अच्छा –अच्छा!!

आइये-आइये साहब,

आपका ही इंतज़ार हो रहा था।

राकेश:-   (हाथ मिलाते हुए) अभी थोड़ी देर पहले ही आपका ज़िक्र कर रहे थे सागर साहब।

राकेश पांडेय:-   आपका फ़ोन Try किया था मैंने, पर रेंज में नहीं था। आप से बात भी नहीं हो पायी!

मैंने कहा वो कहीं मीटिंग में होंगे, इसलिए फ़ोन नहीं लग रहा है।

फ़ोटोग्राफ़र:-   जी, अक्सर मीटिंग्स A/C रूम्स में होती है और नेटवर्क नहीं रहता।

राज अवधेश:-   जी…..अक्सर हमारे साथ भी यही होता है।

(फ़ोटोग्राफ़र साहब चारों तरफ़ देखने लगते हैं)

                                      शुरूआत के दो नाटक

राकेश पांडे:-   यह सारी फ़िल्में इनकी ही लिखी हुई हैं।

फ़ोटोग्राफ़र:-   इन्हें कौन नहीं जानता ....

सारा भारत इन्हें जानता।

सागर साहब:-   आप आये और इस मौक़े की ख़ुशी दो-गुनी बढ़ गयी।

आपका स्वागत है।

हम वर्षों से यह थिएटर करते आ रहे हैं! बीच में कुछ परेशानियों के कारण यह प्रक्रिया बन्द हो गयी थी, हमने फिर से शुरू कर दी है।

फिर से नयी-नयी खूब प्रतिभाएँ यहाँ आयें और हम कुछ नया प्ले करें।

अवनीश:-   एक नया नाम देते हैं, ये नाटक ग्रुप का।

सागर साहब:-   चुप मादरचोद, कुछ नहीं जानता!

जो बरसों से चला आ रहा है वही नाम रखेंगे। 'द करटेन थिएटर ग्रुप'

अवनीश:-   वही तो बोल रहा था, कुछ नाम तो होना चाहिए।

सागर साहब:-   चिल्ला क्यों रहा है?

अवनीश:-   चिल्ला कहाँ रहा हूँ?

वो तो मेरी आवाज़ ही ऐसी है!

सागर साहब:-   अच्छा! (हँसते हुए)

हाँ, तो मैं पूरी कर लूँ?

हम लोग उस तरह के प्ले नहीं करते जहाँ...... 700 या 500 रुपये देना पड़ता है। एक आम आदमी 500 रुपये कहाँ से लायेगा। क्या आप 500 रुपये देकर नाटक देखने जा सकोगे? क्या

वो जा सकता है? क्या मैं जा सकता हूँ? नहीं!

मैं मार्क्सिस्ट हूँ, मार्क्सिज़्म को मानने वाला इंसान। मैं आम आदमी के हक़ के लिए सोचने वाला इंसान हूँ। हम को-ऑपरेटिव स्तर पर छोटे-छोटे प्ले करते हैं, सबके लिए फ्री होता है हमारा प्ले! हाँ अगर आपका मन हो कुछ मदद करने का तो आप कुछ अपनी मर्ज़ी से मदद कर सकते हैं।

उन तमाम बड़े थियेटर्स में हमारा नाटक नहीं होता, हम ओपन स्टेज नाटक करते हैं, या सस्ती मंच। जहाँ मिल जाये मंचन के लिए कर लेते हैं।

इस तरह है हमारी कहानी! आप आये, बॉय गॉड मुझे बहुत अच्छा लगा।

फ़ोटोग्राफ़र:-	नहीं नहीं…. हमारे लिए यह बड़े सौभाग्य की बात है कि आपसे मिलने का हमें मौक़ा मिला।
सागर साहब:-	(हँसते हुए) थैंक्यू!

(स्वप्निल साहब का प्रवेश)

हरीश:-	स्वप्निल साहब भी आ गये!
सागर साहब:-	अच्छा! अच्छा हुआ।

(स्वप्निल साहब सब से हाथ मिलाते हैं)

स्वप्निल:-	कैसे हैं आप सर?
सागर साहब:-	ठीक हूँ……
	आप कैसे हैं?
स्वप्निल:-	बहुत ही बढ़िया।
राकेश साहब:-	और काम कैसा चल रहा है?
स्वप्निल:-	एकदम ठीक चल रहा है।

शुरूआत के दो नाटक

| हरीश:- | कपड़े तो बड़े चमक रहे हैं! |

| स्वप्निल:- | जो ख़र्चा किया है! |

शर्ट, पेंट, शूज़ एकदम ढिंचैक बना दिया है।

| हरीश:- | काम ज़ोर-शोर से चल रहा है! |

| स्वप्निल:- | वो तो चलता ही रहता है! |

| राकेश साहब:- | (सागर साहब की और कहते हुए) |

सागर साहब……..स्वप्निल को भी बोलिये कुछ सुनाने के लिए। अपना भी वो कुछ लिखकर लाये और सबको सुनाये।

| सागर साहब:- | लास्ट टाइम मैंने इस बात का ज़िक्र किया था! |

और इसने कहा भी था लेकिन आयेगा (स्वप्निल की तरफ़ देखते हुए) क्यूँ?

| स्वप्नि:- | जी कहा था आपने, परंतु!…….एक अर्जेंट काम आ गया और तैयारी नहीं कर पाया।

| सागर साहब:- | चलो कोई बात नहीं….. नेक्स्ट टाइम! |

| स्वप्निल:- | जी सर। |

(थोड़ी देर सब बातें कर रहे थे, उसी वक़्त राज अवधेश को कुछ दिखाई दिया और वो बोल पड़े)

| राज अवधेश:- | आइये आइये….. |

(बाहर खड़ा एक अज्ञात व्यक्ति जो बड़ी ग़ौर से अंदर झाँक रहा था, अंदर आ गया।)

| सागर साहब:- | (राज को पूछते हुए) कौन है? |

| राज:- | क्या पता? |

| सागर साहब:- | कमाल है यार…. तू भी! |

राज:-			अरे अंदर झाँक रहे थे...... बुला लिया.....
			शायद आपके कोई जानने वाले होंगे!

सागर साहब:-		मादरचो .... (कहते-कहते रुक गये)

			(वो आगंतुक अंदर नज़दीक पहुँच चुका था,
			चारों ओर बड़ी ग़ौर से देख रहा था।)

सागर साहब:-		बैठिये..... बैठिये!

			(आगंतुक बैठ जाते हैं)

सागर साहब:-		बोलिये कहाँ आये थे आप?

अज्ञात:-			बस यहीं से गुज़र रहा था, देखा कुछ लोग बैठे
			हुए है और बस देखता रह गया।

सागर साहब:-		कमाल है आप! अच्छा किये!

अज्ञात:-			यह किसका ऑफ़िस है?

राज:-			यह सागर सरहदजी का ऑफ़िस है.....

			ये हैं सागर साहब!

			(अज्ञात बड़ी ग़ौर से देखता है)

अज्ञात:-			क्या? सागर सरहदी .... ये हैं? ....
			मेरा अहो भाग्य ...... इनका दर्शन मिल
			गया। हिंदुस्तान में कौन नहीं जानता इन्हें!
			बौझार, अभी-अभी, ज़लज़ला....... ओहो
			....क्या फ़िल्में थीं।

			बहुत बड़ा नाम है!

सागर साहब:-		थैंक्यू, साहब।

बद्रीनाथ:-		कुछ खायेंगे?

अवनीश:-			अरे अभी उनके खाने की उम्र थोड़ी ना है।

			देख नहीं रहा है!

					शुरूआत के दो नाटक

अज्ञात:-	नहीं....... नहीं..
	(सागर साहब मैं चलता हूँ साहब, थोड़ी-सा
नज़्दीक जाते हुए)	
	आपका चेहरा नहीं देख पा रहा था, पीछे से
रौशनी आ रही है।	
	हाँ अब देखा!
सागर साहब:-	(हाथ मिलाते हुए) आते रहिये साहब।
अज्ञात:-	जी साहब ......
	(राज साहब से हाथ मिलाते हुए)
राज:-	मैं राज अवधेश।
अज्ञात:-	बहुत ही अच्छी संगत मिली है आपको।
राज:-	वो तो है! मैंने फेरी जॉन से भी प्रोफ़ेशनल कोर्स
किया है।	
	आई एम ए एक्टर...
अज्ञात:-	बढ़िया साहब, बढ़िया!
	पर ये फेरी जॉन, टेरी जान इनके सामने कहाँ?
राज:-	आप कहाँ आये थे?
अज्ञात:-	मैं यहाँ कोयला (एक रेस्टोरेंट का नाम) में आया
	था....... रेस्टोरेन्ट, यहाँ पे राम चौपाल वर्मा की
	26/13 की सक्सेज़ पार्टी थी
राज:-	खाने पीने की व्यवस्था थी?
अज्ञात:-	कहाँ साहब........! 3बजे बुलाते हैं, नाश्ता
	करा के भेज देते हैं। आजकल मील्स 50 रुपये
	प्रति प्लेट जो हो गया है।
	(सब हँसने लगते हैं)
	(अज्ञात चला जाता है)

| सागर साहब:- | मादरचोद, किसी को भी राह चलते को बुला लेता है। |

(सागर साहब हँसने लगते हैं)

| सागर साहब:- | (फ़ोटोग्राफ़र को कहते हुए) |

हम लोगों का यहाँ एक काम बहुत मशहूर है। वो है PNPCI यानी पर निंदा पर चर्चा। (हँसते हुए)

आपके सामने हम आपकी वाहवाही करेंगे और आपके जाते ही आप की माँ चोद

देंगे।

(सब लोग हँसने लगते हैं)

आप की तारीफ़ तो सिर्फ़ आपका मन रखने के लिए करते हैं।

| फ़ोटोग्राफ़र:- | जी बहुत अच्छा! |

| राज:- | अब किस बात का इंतज़ार कर रहे हैं? |

शुरू करते हैं!

| सागर साहब:- | चुप मादरचोद! |

5 बजे तो, 5 बजे ही शुरू होगा!

| राज:- | हुज़ूर 5 बज गये! |

| सागर साहब:- | 15 मिनट बाक़ी हैं! |

| राज:- | वह....हाँ ....हाँ......हाँ |

| सागर साहब:- | बड़े चूतिये हैं आप! |

| राज:- | सागर साहब.......यह फ़िल्म कब रिलीज़ हुई थी? |

सागर साहब:- 	चुप....चुप बात मत बदलो!

(राज साहब हँसने लगते हैं)

सागर साहब:- 	सब लोग चाय पीते हैं.......फिर शुरू करते हैं।

हरीश!!

हरीश:- 	जी सर...

सागर साहब:- 	अवनीश!

अवनीश:- 	जी!

सागर साहब:- 	अवनीश और हरीश, आज चाय बनाने की तुम
दोनों की ज़िम्मेदारी है।

हरीश:- 	जी सर।

अवनीश:- 	अब कुछ नये नये लोगो को लेकर आओ यार,
कुछ दिन तो वे लोग भी चाय बनाये। लास्ट
टाइम, कुछ आये थे क्या हुआ ?

राज:- 	पता नहीं, सागर साहब का पाँव वग़ैरह तो
छूकर गये थे, आये नहीं!

अवनीश:- 	हमें ही ढूँढ़ना पड़ेगा!

सर, चालू कीजिए कुछ काम।

(हरीश जी जाकर चाय बनाने में लग जाते हैं)

(हरीश जाकर चाय बनाने की तैयार में जुट
जाते हैं। थोड़े देर के बाद सब कुछ तैयार हो
जाने के बाद)

हरीश:- 	आ जाओ अवनीश!

अवनीश:- 	हाँ-हाँ, पानी उबलने तो डाल दे।

(हरीश साहब अपने काम में लग जाते हैं)

सागर साहब:- 	अवनीश, यार मदद करना उसकी, अकेले
बना रहा है!

अवनीश:- कैसे मदद करें? उधर जगह ही नहीं है! चाय बनाना तो एक आदमी का काम है और उसने भी तो बुलाया नहीं!

हरीश:- बुलाया नहीं? यह मत बोल अवनीश, ग़लत बात!

अवनीश:- क्या ग़लत बात है? तुम बना रहे हो तो मैंने डिस्टर्ब नहीं किया!

हरीश:- आपको ख़ुद को समझ आनी चाहिए।

अवनीश:- अगर बोलना ही था तो मुझे बताता, सागर साहब को क्यों बताया?

बद्रीनाथ:- चुप, चुप, चुप हो जाओ यार.....मैं बना दूँ?

हरीश:- नहीं बद्री भाई मैंने बना ली है।

(हरीश साहब सबके लिए चाय पेश करते हैं। सब लोग चाय की चुस्कियों का मज़ा लेते हैं।)

राज:- अब किस बात का इंतज़ार कर रहे हैं, शुरू करते हैं।

सागर साहब:- मादरचोद......चाय तो पी लें पहले।

राज:- जी..... (हँसते हुए)

(थोड़ी देर तक सब लोग चाय की चुस्कियाँ लेते हुए)

सागर साहब:- अब हम शुरू करते हैं .... हमारा दरबार (हाहाहा)

राकेश पांडे आज क्या-क्या होने वाला है?

राकेश पांडे:- सर, पहले शब्बीर साहब कुछ सुनायेंगे, फिर आप अपनी लिखी हुई एकांकी, फिर रात हो गयी सुनायेंगे।

सागर साहब:- चलो शुरूआत करते हैं।

| सागर साहब:- | चौसर के बाद से इस प्रक्रिया को थोड़ा विराम मिल गया था। |

यह सिलसिला सालों से चलते आ रहा था

लेकिन यह फिर से शुरू हो गया है। कुछ सोचेंगे, कुछ पढ़ेंगे, कुछ जानेंगे....कुछ बनायेंगे।

शब्बीर साहब, तो शुरू किया जाये?

| शब्बीर साहब:- | जी। |

| संजीव साहब:- | एक मिनट सागर साहब। |

| सागर साहब:- | बोलो! |

| संजीव साहब:- | मैं कुछ अर्ज़ करना चाहता हूँ। |

| सागर साहब:- | (इशारा करते हुए) कहो! इजाज़त है। |

| संजीव साहब:- | यहाँ पर आये हुए लेखकों और कलाकारों, आप लोग सागर साहब के इस दरबार में आये, कृतार्थ किये, आप लोगों का बहुत-बहुत शुक्रिया। |

कृपया आप लोग अपने-अपने मोबाइल फ़ोन्स को वाइब्रेट मोड पर रख लें, ताकि आपकी कॉल्स की वजह से किसी और को परेशानी ना हो।

सबसे पहले मैं एक कविता सुनाऊँगा और तालियों की गूँज के साथ इस महफ़िल की शुरूआत करेंगे।

(तालियों के गूँज की आवाज़)

अरे कविता तो पहले सुन लो........कमाल है!

| संजीव साहब:- | सच की राह पर,

जब भी चलोगे तुम,

चार सच आकर,

रास्ता रोक लेंगे।

झूठ की राह पर,

जब भी चलोगे तुम,

चार झूठ साथ अपने

जोड़ लेंगे।

वाह-वाही बटोरने वाले,

अक्सर शाबाशी देना भूल जाते हैं,

चलते तो सभी हैं, चार कदम सही,

उसके बाद अपना रास्ता भूल जाते हैं।

सागर साहब:-	वाह वाह ......
	(चारों तरफ़ तालियों की गूँज)
संजीव साहब:-	शब्बीर साहब ......
शब्बीर साहब:-	जी?
संजीव साहब:-	तैयार हैं ना.......?
शब्बीर साहब:-	(अपना सिर हिलाते हुए) हाँ!
संजीव साहब:-	तो शुरू करते हैं!

दोस्तों........शब्बीर साहब अब उनकी गायकी का फ़न पेश करेंगे।

(तालियों के साथ उनका अभिनन्दन किया जाये)

(तालियों की गूँज के साथ, शुरू होता है गायकी शब्बीर साहब की)

(इस तरफ़ विकास साहब अपना आई पैड

निकालकर, अपनी फ़ोटोग्राफ्स स्वप्निल को दिखाने में व्यस्त हैं।

शब्बीर साहब अपनी गायकी में तरह-तरह के रागों का इस्तेमाल करते हुए समा बाँध देते हैं।)

(तालियों के साथ उनका अभिनन्दन किया जाता है)

(शब्बीर साहब के ख़त्म करते ही, सागर साहब अपनी एकांकी पढ़ना शुरू कर देते हैं)

सागर साहब:-   यह नाटक तक़रीबन 40 साल पहले लिखा गया था। यह नाटक उस वक़्त बहुत ही मशहूर था। इसमें राजेश भन्ना साहब, वी.के सुरमा साहब ने एक्ट किया था। आज मैं आप लोगों के सामने पढ़ने जा रहा हूँ। 'फिर रात हो गयी'

(तालियों के साथ सब सागर साहब का अभिनन्दन करते हैं, सागर साहब सुनाना शुरू करते हैं .....सब की नज़र उन पर थमी हुई है। उस वक़्त विकास साहब अपना आईपैड का का कैमरा ऑन करते हुए, सागर साहब का वीडियो शूट करना शुरू कर देते हैं। कभी इस तरफ़ तो कभी उस तरफ़ से, कभी इसके सामने तो कभी उसके सामने झुककर अपनी क्रियेटिव एंगल में शूट कर रहे हैं।

दूसरे श्रोता गण, विकास के शूट की वजह से अपना स्थान परिवर्तन करने में लगे हुए हैं। शूट करते-करते विकास साहब पहुँच गये हैं राज साहब के सामने, राज साहब को बाधा आ रही है सुनने में।)

राज साहब:-   अरे यार, हट इधर से......(पुश करते हुए विकास को)

(विकास साहब, शूट के धुन में पहुँच जाते हैं......राकेश पांडे साहब के सामने, जो बड़े ही ग़ौर से सुन रहे थे सागर साहब के नाटक को।)

| राकेश साहब:- | हट, मादरचोद....... |

(पर विकास साहब कहाँ बाज़ आते हैं। वो तो लगे हुए हैं, अपनी धुन में।)

| सागर साहब:- | (अपनी एकांकी पढ़ते हुए) |

सूरज की रौशनी धीरे-धीरे सुनहरी से लाल फिर काली परछाईं में परिवर्तित हो

गयी।

लो फिर रात हो गयी

इस तरह से फिर रात हो गयी, एकांकी ख़त्म हुआ।

चारों तरफ़ तालियों की गूँज गूँजने लगी।

| राकेश साहब:- | वाह! मज़ा आ गया। |

कमाल का है सर,

इतने सालों के बाद भी, अभी जैसी हालात लग रहे हैं।

| राज अवधेश:- | कमाल का है। |

| विकास:- | You, Rock Sir, |

ये वीडियो मैं एक लाख में बेचूँगा।

(सागर साहब अजीब-सी निगाहों से देखते हैं, विकास की तरफ़)

| विकास:- | पूरे के पूरे दारू पियेंगे मिलकर। |

(स्वप्निल हँसते हैं)

| विकास:- | सागर साहब, तो फिर मैं चलता हूँ! |

सागर साहब:-	(सिर हिलाते हुए) हाँ!
	(विकास जी सबसे हाथ मिलाते हैं, चले जाते हैं।)
सागर साहब:-	हरीश, टाइम कितना हुआ बेटा देखना ज़रा।
हरीश:-	7 बज गये हैं।
सागर साहब:-	क्या?
	पूरे सवा घंटे की थी!
	राकेश, तुम तैयार हो जाओ, नीचे जाकर झा साहब को भेज देना।
राकेश:-	जी!
सागर साहब:-	जूते पहन लेता हूँ।
	(कुछ धुन गुनगुनाते हुए, जूते पहनने लगते हैं।)
	आज कल ना मैं इस कहानी के आगे क्या, यह सोच रहा हूँ।
	एक पार्ट-2 जैसी होनी चाहिए।
	एक कुत्ता देखते ही देखते सुपर स्टार बन गया और जिसमें टैलेंट था वो उसका मैनेजर। बाद में तो ग़ायब ही हो गया वो, मर गया मादरचोद!
सागर साहब:-	आ गये झा साहब ....
	चलो बद्री ये बैग तुम पकड़ लो!
	झा साहब बंद करेंगे ऑफ़िस।
	(सब लोग खड़े हो जाते हैं, बद्री बैग लेकर बाहर आते हैं।)
राज साहब:-	(बद्री से) अब जाकर हल्का महसूस हो रहा है।

बद्री:-   समझा नहीं!

राज साहब:-   मेरा कहने का मतलब ये है, जब आया था ऐसा
                               लग रहा था जैसे शरीर में गैस भर गया हो, अब
                               जाकर सुकून मिला।

                               (पीछे से आवाज़ आती है सागर साहब की)

सागर साहब:-   मादरचोद, क्या बातें चल रही है तुम दोनों की?

बद्री:-   राज साहब कह रहे हैं, उन्हें अब हल्का
                               महसूस हो रहा है।

सागर साहब:-   (दो पल के लिए चुप हो जाते हैं)

                               इस चूतिये को यह पता नहीं है, इसने कितनी
                               बड़ी बात कह दी है। सालों से यहाँ

                               बैठा हूँ........ हर रोज़ बैठता हूँ। 10-20-
                               50 लोग यहाँ रोज़ आते हैं, डर जाता हूँ

                               मैं। उनका चेहरा, उनकी आँखें बयाँ करती
                               हैं..... वे कितने परेशान हैं, बेरोज़गार हैं,

                               डर उनसे छिपता नहीं, नज़र आ जाता है मुझे।

सागर साहब:-   बॉय-गॉड, रो पड़ता हूँ मैं!

                               हम साथ बैठते हैं, बातें करते हैं, एक-दूसरे को
                               गाली देते हैं और जब हम जाने लगते हैं। तब
                               एक कमाल का नज़ारा देखता हूँ। किसी की
                               भी आँखों में मुझे वो डर, परेशानी, अनिश्चितता
                               नज़र नहीं आती। सबकी आँखों में एक नये
                               जोश के साथ, एक नया सूरज का इंतज़ार नज़र
                               आता है। यही बात है जो, मुझमे जगा देती है
                               एक नयी आस जीने की। खिंचता चला आता हूँ
                               मैं इस जगह, तुम सबसे मिलने, जैसे कोई डोर
                               बंधे हुए हैं। ख़ैर हम कल फिर मिलते हैं!

                                              शुरूआत के दो नाटक

(सागर साहब सबसे हाथ मिलाते हैं.... कोई गले मिल रहा है, कोई पाव छू रहा है, सागर साहब के।)

सागर साहब:-

लो फिर रात हो गयी!

(सब हँसने लगते हैं)

सूनी कुर्सियाँ

यह कहानी है, जॉन डिसूज़ा और मेरी, 75 वर्षीय एक दंपत्ति की। 4 दिन के बाद 50वीं मैरिज एनिवर्सरी है, जो वो अपने परिवार के साथ मनाना चाहते हैं।

इस वजह से जॉन डिसूज़ा, टेलिफ़ोन करके अपने बच्चों को बुलाते हैं। जॉन और मेरी, सेलेब्रेशन के लिए डायनिंग टेबल सजाते हैं, अपने परिवार का इंतज़ार करते हैं। रात से सुबह हो जाती है कोई नहीं आता, जॉन और मेरी उनकी राह तकते रह जाते हैं। वो इंतज़ार करते-करते उनकी राह देखते रहते हैं, उन सूनी कुर्सियों को जो उन्होंने दिन रात मेहनत कर के महँगे सागवान के लकड़े से तैयार की थीं अपने बच्चों के लिए। आज सिर्फ़ रह गयी हैं **सूनी कुर्सियाँ**।

सीन 01

Int:- हॉल में डायनिंग टेबल के पास

दिन का समय

जॉन डिसूज़ा और मेरी, वहाँ उपस्थित हैं।

जॉन, डायनिंग टेबल पर रखे हुए एक पानी के गिलास को टुक-टुक देखते हुए कुछ सोच रहे हैं।

जॉन:-

स्वच्छ......... बिल्कुल स्वच्छ! एहसास हो रहा है....... .कुछ तो है बीच में......... शीशे के होने के वजूद का एहसास हो रहा है।

कोई यह सटीक नहीं कह सकता की यह भरा हुआ है या ख़ाली है।

मैं भी ज़िन्दगी के उन्हीं लम्हों में कभी ख़ुशियाँ पाता हूँ तो कभी गम!

रोता हूँ मैं... इन 75 सालों की अनुभूती भी मुझे कभी-कभी कम पड़ने लगती है। मैं एक छोटे बच्चे की तरह रोता हूँ। कभी-कभी मुझे ये चट्टान-सा

मज़बूत भी बना देता है।

कभी-कभी मैं यह सोचता हूँ, अगर आँसू मोती होते, तो शायद दुनिया का सबसे बड़ा अमीरज़ादा मैं ही होता।

कभी-कभी मुझे संदेह होता है, अपने ग्रंथों में लिखे गये वो 'श्रवण कुमार' की कहानी पर, जो अपने माता-पिता को अपने कँधे पर लेकर तीर्थ करने चला था। शायद वो भी किसी लेखक की कल्पना की ही उपज था।

काश सच में श्रवण कुमार का मैं पिता होता!

ख़ैर, 75 सालों के बाद यह समझ में आया कि सिर्फ़ बंद मुट्ठी में क़िस्मत लेकर आया था और सब छोड़ जाऊँगा।

कभी-कभी मैं यह सोचता हूँ, मुट्ठी भर रेत सँभाली नहीं जाती मुझसे और मैं जीवन के हर एक लम्हों को समेटने चला था!

(सामने से मेरी गुज़रती है .... गिलास के शीशे से अक्स झलकता है। मेरी दरवाज़े के पास तक पहुँच कर बाहर की ओर देखने लगती है। बाहर से रौशनी आ रही है)

(जॉन की नज़र गिलास के ऊपर से हटकर मेरी के ऊपर पड़ती है। दो पल के लिए देखता है जॉन)

जॉन:- (चिल्लाते हुए, रौबीले आवाज़ में) एइ वहाँ क्या देख रही है?

मेरी:- हाँ .....हाँ .....बाबा ....इस उम्र में मैं भाग नहीं जाऊँगी!

(जॉन ज़ोर से खाँसने लगता है)

| मेरी:- | ज़्यादा ड्रामा मत करो .... |
| | |

मेरी:-   ज़्यादा ड्रामा मत करो ....

ड्रामेबाज़............

लाती हूँ पानी, लाती हूँ मैं।

(मेरी ....पानी लेकर आती है)

मेरी अपने काँपते हुए हाथों से जॉन के सामने रखे हुए गिलास में पानी भरती है। अपने हाथों से जॉन की पीठ सहलाने लगती है। दवाइयाँ निकालकर देती है उन्हें, खाने के लिए।

मेरी:-   कितनी बार कह चुकी हूँ........
चिल्लाया मत करो, चिल्लाया मत करो,
सुनता ही नहीं..........
पत्नी हूँ ना...........
सीमोना......कहती तो.........
झट से मान जाते.........
बड़बड़.......बड़बड़ करता ही रहता है।

(मेरी कहते-कहते थोड़े आगे चले जाती है)
(जॉन दवाइयाँ खाकर, पानी पीते पीते हँस पड़ता है। छिपते-छुपाते हँसता है क्यूँकि वो नहीं चाहता कि मेरी को पता चले)

जॉन:-   (चिल्लाते हुए....... गुस्से की एक्टिंग करते हुए) तुम सीमोना के नाम लेकर ताना मारना बंद करोगी?

मेरी:-   हाँ, मैं जैसे कुछ जानती ही नहीं..............
(मेरी दूसरे रूम में चली जाती है)

Fade Out...............

    शुरूआत के दो नाटक

Int:- बेडरूम में

दिन का समय

जॉन डिसूज़ा और मेरी, वहाँ उपस्थित हैं।

	जॉन, मेरी के पीछे चलते हुए बेडरूम पर पहुँच जाता है। मेरी कपबोर्ड से कुछ निकाल रही है। जॉन नज़दीक पहुँचता है और कान में कुछ फुसफुसाते हुए कहने की कोशिश करता है।
मेरी:-	(चिल्लाते हुए) ओ ....हो
	कितनी बार कह चुकी हूँ .... अब वो उम्र नहीं रही।
	अब कान में मत फुसफुसाया करो।
	एक तो कान ख़राब हो चुके हैं .... कैसे सुन पायेंगे।
	हम दोनों के अलावा और यहाँ कोई नहीं है!
जॉन:-	अच्छा बाबा .... सुनो तो सही...
मेरी:-	कुछ ना कुछ वाहियात ज़रूर होगा...... चलो हटो जाने दो!
	(मेरी, जॉन से दूर जा रही है)
	(जॉन का चेहरा उतर जाता है)
जॉन:-	सुनती तो हो नहीं और पहले से नतीजे तक पहुँच जाती हो।
मेरी:-	अच्छा-अच्छा, अब बको भी...
जॉन:-	4 दिन के बाद हमारी 50वीं मैरिज एनिवर्सरी है।
मेरी:-	मुझे पता था, तुम कुछ ऐसे ही बेतुकी बातें करोगे।
जॉन:-	उन्ह!!............(उदास होकर) सुनती नहीं है, पूरी पहले ही बक देती है!
	मैं ये कह रहा था, क्यों ना इस बार बच्चों के साथ मनायें?
मेरी:-	नहीं आयेंगे वो लोग!
जॉन:-	हाथ-पाँव जोड़कर बुलायेंगे!

मेरी:-	ऐसे-कैसे कोई आ पायेगा!
	आपके कहने से थोड़ी दुनिया चलती है..
जॉन:-	यह दिन थोड़ी ना बार-बार आयेगा!
मेरी:-	क्या सोचा था, क्या हो गया?

जिन्हें देखकर अपनी सुबह होती थी,
जिन्हें देखकर अपनी शाम ढलती थी,
आज वो ईद के चाँद हो गये..........
तरस गये नैन उन्हें देखने के लिए।
सालों हो गये उन्हें आये हुए,
पूछो तो उनके पास हज़ारों ज़िम्मेदारियाँ हैं...
वो आ नहीं सकते, पर हमारे लिए उनकी कोई ज़िम्मेदारी नहीं है? क्या हो गया इनको? क्या हमारी परवरिश में कोई कमी रह गयी?

जॉन:- नहीं-नहीं डार्लिंग...

सब कुछ सही है, वैसा ही है। बस ज़माना बदल रहा है;
हम विकास कर रहे हैं। हमारे बच्चे सही हैं, सब कुछ सही है,
सारी दुनिया सही है। पर, हम समय के साथ चल नहीं पाये।

मेरी:- ना जाने इस विकास का अंत कहाँ होगा!!

Fade out.......

सीन 03

Int:- हाल रूम

दिन का समय

जॉन डिसूज़ा और मेरी वहाँ उपस्थित हैं। डेनियल, रोज़ी और विन्सी फ़ोन पर हैं।

जॉन चलते हुए टेलिफ़ोन के पास जा रहा है। टेलिफ़ोन के पास

शुरूआत के दो नाटक

पहुँचकर अपना चश्मा पहनता है, सामने रखी हुई टेलिफ़ोन डायरी खोलता है,
उसमें से अपने बच्चों का नंबर ढूँढ़ने लगता है।

आँखों में सीमित दृष्टि के कारण वो सही से पढ़ नहीं पाता है। मेरी
समझाती है, नज़्दीक जाकर उन्हें मदद करने की कोशिश करती है।
मेरी डायरी, जॉन के हाथों से लेते हुए-

मेरी:-   उन्ह!......... उन्ह!.......
               यह है, विन्सी का नंबर,
               यह रहा रोज़ी और डेनियल का नंबर!
               तुम नंबर लगाओ.........मैं बताती हूँ।
जॉन:-   दिखाओ....दिखाओ, मैं पढ़ सकता हूँ......
मेरी:-   झूठे.......मैं नहीं जानती?......कुछ नहीं
               दिखता तुम्हें!
जॉन:-   अच्छा.........बाबा............बताओ।
मेरी:-   011,
जॉन:-   011.........हम्म्म्म........... आगे!
मेरी:-   011, हम्म्म ....
जॉन:-   अरे क्या कर रही है.........फिर से बताओ!
मेरी:-   क्या हुआ? बता तो रही थी?
जॉन:-   दो- बार 011, dial कर दिया मैंने....ठीक से
               बोलो।
मेरी:-   कमाल है, ठीक से सुनते नहीं
               और दूसरे पर गुस्सा करते हो।
मेरी:-   011-23892019,
जॉन:-   रिंग जा रही है..........
               (टेलिफ़ोन की घंटी, विन्सी के घर पर बज रही है)
               काफ़ी देर तक घंटी बजती रही पर किसी ने फ़ोन
               नहीं उठाया।
मेरी:   क्या हुआ? शायद वो फ़ोन उठाया होगा और आप
               को सुनाई ही नहीं दिया होगा। लाइए..........
               जॉन बड़े ग़ौर से टेलिफ़ोन की घंटी को सुन रहा
               था। हाथ से टालते हुए, रुकने को कहते है।
मेरी:-   अरे........ बच्चे जैसे कर रहे हैं।
               मेरा बच्चा उधर चिल्ला चिल्लाकर परेशान हो
               रहा होगा।

जॉन, टेलिफ़ोन मेरी के हाथ में थमा देता है! मेरी रिसीवर अपने कान में लगाकर देखती है, जॉन सही था...... वो उस पर ख़ाली ही चिल्ला दी!

मेरी:-   सॉरी.........

जॉन:-   लगाकर दो!

मेरी:-   एक काम करते हैं..... पहले डेनियल और रोज़ी को लगाकर देखते हैं, फिर विन्सी को ट्राई करते हैं।

जॉन:-   हाँ..........(सिर हिलाते हुए)

मेरी:-   यह.........यह रहा डेनियल का नंबर!

0-9820110289

जॉन:-   (इशारे से पूछते हुए) क्या हुआ?

मेरी:-   रिंग बज रही है..
(थोड़ी देर तक रिंग बजने के बाद डेनियल फ़ोन उठाता है)

डेनियल:-   हलो!

मेरी:-   हलो बेटा!

डेनियल:-   हाँ माँ!

मेरी:-   कैसा है बेटा?

डेनियल:-   माँ, मैं ठीक हूँ! आप कैसे हैं? पापा कैसे हैं?

मेरी:-   मैं ठीक हूँ.......! वो भी ठीक है........!

जॉन:-   (धीमी आवाज़ में) मेरे बारे में पूछा उसने?
(मन ही मन में बहुत ख़ुश हो रहे हैं)

मेरी:-   तुम लोगों को हम बहुत याद करते रहते हैं!
4 साल हो गये हैं बेटा तुझे देखे हुए।

डेनियल:-   अब..........माँ..........आई एम सॉरी..
जल्द से जल्द आऊँगा माँ मैं!

मेरी:-   बेटा.........11 तारीख़ को तुम आओगे?

डेनियल:-   ये 11 तारीख़??

मेरी:-   हाँ!

डेनियल:-   क्यों माँ? कुछ ख़ास काम है? क्या है 11 तारीख़ को?

मेरी:-   भूल गये बेटा....?

डेनियल:-   हम्म...... आपका बर्थडे नहीं-नहीं..
वो तो अगस्त में है। क्या है माँ?

मेरी:-	हमारी 50th मैरिज एनिवर्सरी है।

मेरी:- हमारी 50th मैरिज एनिवर्सरी है।

डेनियल:- वाउ आई एम सॉरी मॉम, भूल गया था मैं, कैन्ग्रांचुलेशन माँ!

मेरी:- थैंक्स बेटा! तू आ रहा है ना?

डेनियल:- माँ अभी कुछ कह नहीं सकता, छुटिटयाँ शायद नहीं मिलेंगी!

लेकिन दोन्ट वेरी माँ, जितना हो सके कोशिश ज़रूर करूँगा। I will try my level best.

जॉन:- (धीमी आवाज़ में) मैं भी बात करूँगा...

मेरी:- बेटा, पापा तुम से बात करना चाहते हैं!

डेनियल:- हाँ माँ.......दीजिये ....

जॉन:- बेटा......(रोते हुए)

आँखें तरस गयीं बेटा तुम्हें देखने के लिए.....

डेनियल:- पापा आप तो जानते है, बैंक का जॉब कैसा होता है। बहुत ही कम छुट्टियाँ होती हैं, ऊपर से बच्चों की पढाई, बहुत ज़िम्मेदारियाँ हैं।

जॉन:- अब तो आ रहे हो ना?

डेनियल:- ट्राई करता हूँ!

जॉन:- नहीं...........नहीं........बेटा........तुम्हें आना होगा!

कोई ऐसा वैसा दिन नहीं है, 50वीं एनिवर्सरी है। है। तुम लोग के बग़ैर ! नहीं... नहीं .....नहीं! तुम आ रहे हो...

डेनियल:- आपको बोलता हूँ पापा, मैं फ़िलहाल अर्जेंट मीटिंग से बाहर आया हूँ, वे इंतज़ार कर रहे हैं।

जॉन:- तुम आ रहे हो!!

(फ़ोन कट होने की आवाज़)

मेरी:- तुम इतना जज़्बाती क्यों हो जाते हो? उनकी मुश्किलों को भी तो समझा करो।

जॉन:- मैं जज़्बाती हो रहा हूँ? नहीं ....नहीं तो।

(अपने आँसू को छिपाते हुए पोंछने चला जाता है)

मेरी:- कहाँ जा रहे हो?

रोज़ी और विन्सी से तो बात कर लो।

जॉन:-	अरे हाँ.... (फिर से फ़ोन के पास आते हुए) लगाओ........ लगाओ (मेरी डायरी में से रोज़ी का नंबर ढूँढ़कर निकालती है)
मेरी:-	यह रहा! (पढ़ रही है) 044-26687991 हाँ......... लग गया (जॉन और नज़्दीक पहुँच जाता है) हलो.. बेटा रोज़ी........
रोज़ी:-	हलो हाँ माँ......तुम कैसी हो?
मेरी:-	मैं ठीक हूँ बेटा! तुम कैसी हो?
रोज़ी:-	हाँ माँ मैं भी ठीक हूँ, पापा की तबीअत कैसी है?
मेरी:-	वो बिल्कुल ठीक हैं। तुम क्यों नहीं आ रही हो बेटा? काफ़ी दिन हो गये तुम्हें देखे हुए! यह बूढ़ी आँखें तुम्हें ढूँढ़ती हैं..
रोज़ी:-	सॉरी माँ, इनलॉज़ की ख़ातिरदारी, ऑगी की सेहत ठीक नहीं रहती, बच्चों की देखभाल! इन सबसे समय ही नहीं मिलता!
मेरी:-	इस 11 तारीख़ को हमारी मैरेज एनिवर्सरी है, इस बार तो आ जा?
रोज़ी:-	माँ, मैं अभी कुछ कह नहीं सकती! ऑगी से पूछना पड़ेगा।
मेरी:-	इस बार कुछ ख़ास है, हमारी 50वीं वर्षगांठ है। पापा चाहते थे इस बार ये सेरेमनी सारे बच्चों के साथ मनायें।
रोज़ी:-	आप लोगो को बहुत-बहुत बधाई!! मैं आऊँगी माँ, ऑगी से कन्फ़र्म कर लेती हूँ।
मेरी:-	यह लो अपने पापा से बात कर लो..
रोज़ी:-	जी माँ।
जॉन:-	बेटा!
रोज़ी:-	कैसे हो पापा?
जॉन:-	मैं ठीक हूँ बेटा! तुम और दामाद कैसे हैं?
रोज़ी:-	हम ठीक हैं! (रोज़ी की आँखें नम हो जाती हैं)
जॉन:-	तुम रो रही हो रोज़?
रोज़ी:-	आप लोगों को याद आती है पापा!

जॉन:-	हमें भी तुम्हारी याद आती है!
	इस बार आ जाओ तुम!
रोज़ी:-	जी पापा.... आऊँगी,
	(रोज़ी के पीछे से आवाज़ आती है... रोज़ी...
	रोज़ी... दिन-रात फ़ोन पर लगी रहती है..)
रोज़ी:-	पापा........थोड़ा काम है, आपको बाद में कॉल
	करूँ?
जॉन:-	हाँ बेटा... (रोज़ी फ़ोन रख देती है।)
	जॉन के आँखों में आँसू....
मेरी:-	मत रो! लड़की पराया धन है, उसे अपने तरीक़े से
	उसका काम करने दो।
जॉन:-	ओह.........जीजस......यह.. यह क्या हो
	गया!
	(मेरी, जॉन के आँसू पोंछते हुए)
	मेरी, रिसीवर उठाती है.........उसे सही जगह
	रखती है। दोनों चुपचाप बैठे हुए हैं! एक कॉल
	आता है, दोनों ही चौंक जाते हैं।
जॉन:-	अब ये कौन है? (मेरी रिसीवर उठाती है)
मेरी:-	हलो!
विन्सी:-	हलो मॉम, मैं विन्सी! आपका कॉल देखा माँ,
	सब ठीक है ना?
मेरी:-	हाँ विन्सी, यहाँ सब ठीक है...........
	(रिसीवर पर हाथ रखते हुए, विन्सी है........
	मेरी, जॉन को कहती है)
जॉन:-	हाँ.....हाँ (उनकी बातें ताक कर सुनने की
	कोशिश करता है)
मेरी:-	बेटा हमारी 11 तारीख़ को शादी की 50वीं
	सालगिरह है, पापा चाहते थे तुम यहाँ आओ...
	हम सब मिलकर सेलेब्रेट करेंगे।
विन्सी:-	माँ, अब मैं क्या बताऊँ...इतनी शार्ट नोटिस पर
	कैसे छुट्टियाँ लूँगा?
जॉन:-	मैं बात करूँ? (धीरे से)
मेरी:-	अपने पापा से बात करो!
जॉन:-	हलो ....
विन्स:-	हलो पापा (गहरी आवाज़ में)

जॉन:-	(मिन्नतें करते हुए, इस बार मना मत करना बेटा)
	(मेरी, जॉन के कँधे पर हाथ रखती है)
	बेटा 5 साल हो गये हैं. तुमने घर की तरफ़ रुख़ नहीं किया है।
	इस बार मना मत करना!
विन्सी:-	अच्छा.......ओके पापा, आता हूँ!
	डैनी आ रहा है?
जॉन:-	हाँ-हाँ.. वो भी आ रहा है!
विन्सी:-	ठीक है, देखता हूँ क्या हो सकता है।
जॉन:-	कैसे भी कोशिश करना कि तुम यहाँ आओ!
	हम तुम्हारे आने का इंतज़ार करेंगे।
	(फ़ोन कट होता है, फ़ोन बंद होने के आवाज़ के साथ)
	जॉन, रिसीवर की तरफ़ देखते हुए धीरे-धीरे फ़ोन रखता है।
मेरी:-	क्या बोला? आयेगा?
जॉन:-	यस! (ख़ुशी के मारे)
	बोला तो है आयेगा!

Fade out

सीन 04

Int:- हाल रूम

दिन का समय

जॉन और मेरी उपस्थित हैं।

किचन की तरफ़ से मेरी, हॉल में दाख़िल हो रही है। जॉन चेयर पर चुपचाप, गुमसुम बैठा हुआ है।

| मेरी:- | जॉन, तब तो बहुत उछल रहे थे, सेलेब्रेट करना है-सेलेब्रेट करना है। अब क्या हो गया? साप सूँघ गया? ऐसे सेलेब्रेट करेंगे! बहुत सारी तैयारियाँ करनी हैं और तुम हाथ पर हाथ रख बैठ गये। |

जॉन:- ए.. है........ किसी भी काम को तुम सीधा नहीं कह सकती हो।

अच्छा जाता हूँ बाबा!

मेरी:- कहाँ जा रहे हो?

जॉन:- ये लो! अब यह कैसा सवाल हुआ?

मेरी:- मेरे कहने का मतलब है, पहले क्या क्या चाहिए लिस्ट तो बना लो। बच्चों को तो बुला लिया, अब खिलाओगे क्या?

जॉन:- हाँ-हाँ, ये तो ज़रूरी है!

(जॉन अपना चश्मा पहनते हैं, पैन लेकर लिस्ट बनाते हैं)

जॉन:- और कुछ चाहिए क्या? चावल, दाल, सब्ज़ी के अलावा?

मेरी:- घर में कुछ भी नहीं है। सब कुछ चाहिए..... सक्कर भी, चाय-पत्ती भी नहीं है, दूध वाले को कहना है दूध के लिए।

जॉन:- एक-एक कर के बताओगी?

मेरी:- लिखो!

जॉन:- हाँ बताओ!

मेरी:- जीरा200 ग्राम, सरसों 200 ग्राम, दाल 2किलो, आटा 5किलो, सरसों का तेल 2 लीटर, सब्ज़ी, लहसुन, अदरक.. बस!

और हाँ-हाँ, चाय की पत्ती 500 ग्राम, सक्कर.... अम, अम......

जॉन:- 5 किलो!

मेरी:- क्या? नहीं.......नहीं 2 किलो!

5 kg! बड़े आये

मुझे पता है, आप रात में चोरी छिपे रसोईघर में क्या करते हो! चोरी-चोरी शक्कर खाते हो।

मेरी:- इस उम्र में इतना शक्कर? ज़रा तौबा करो इन सारी चीज़ों से। वर्ना रुस्तम के पास जाकर पेट में सुई चुभोनी पड़ेगी!

जॉन:- पटर-पटर करती रहती है।

मेरी:- और हाँ सब्ज़ी में- मटर, पनीर, पालक, गाजर लाना! विन्सी को गाजर पसंद है।

| जॉन:- | और कुछ? |
| मेरी:- | बस! |

Fade out

सीन-05

Int:-विन्सी का घर
पात्र:- विन्सी, डेनियल, रोज़ी और अगस्टिन
विन्सी अपने सिर पर हाथ घुमाते हुए कुछ सोच रहा है। तुरंत अपने मोबाइल से डेनियल को कॉल लगाता है।

(टेलिफ़ोन पर रिंग बजने की आवाज़, डेनियल फ़ोन रिसीव करता है।)

डेनियल:-	हलो..
विन्सी:-	हलो विन्सी बोल रहा हूँ..
डेनियल:-	हाँ बोल विन्सी........कैसा है?
विन्सी:-	मैं ठीक हूँ भाई........आप कैसे हो?
डेनियल:-	Everything Is ok here, कैसे याद किया?
विन्सी:-	आप अनिवर्सरी के लिए घर आ रहे हो?
डेनियल:-	पागल हो गया है क्या.....? 20 हज़ार ख़र्चा करके, पागल की तरह वहाँ जाऊँगा। Be Practical यार! यह कान्वेंट स्कूल के बारे में तो तुम्हें पता ही है, बच्चों को छुट्टी नहीं देते। ऊपर से साली साहिबा आयी हुई है, शहर घूमना है इन्हें। तुम्हें तो पता है इनलॉज़ को ख़ुश रखना कितना ज़रूरी है, वर्ना घर में जीना हराम हो जायेगा। इस सूरत में, मैं तो जा नहीं सकता!
विन्सी:-	पापा कह रहे थे तुम आ रहे हो?
डेनियल:-	हाँ, वो ऐसे ही कह दिया था। तुम्हें तो पता है, पापा जी का नेचर, बिना अपनी बात मनाये छोड़ते नहीं हैं, इसलिये हाँ कर दिया।
विन्सी:-	लेकिन तुमने ग़लत किया ना? पापा और ममा तुम्हारी राह देखेंगे ना?

डेनियल:-	कब तक तकेंगे? जैसे-जैसे समय बीतता जायेगा ख़ुद ही समझ जायेंगे! अगर बाद में पूछेंगे तो किसी ना किसी काम का हवाला देते हुए, माफ़ी माँग लूँगा।
विन्सी:-	लेकिन इस बीच कॉल आ गया तो...?
डेनियल:-	फ़ोन ही रिसीव नहीं करूँगा।
विन्सी:-	अरे यार तू आ रहा है सुनकर मैंने भी हाँ कर दिया यार!
डेनियल:-	मेरी बात मान, तू भी मत जा, जैसा मैं कर रहा हूँ, तू भी वैसे कर लेना।
विन्सी:-	देखता हूँ... रोज़ से बात करके देख लेता हूँ, कहीं वो जा रही हो!
डेनियल:-	हाँ....देख ले....तेरी मर्ज़ी !
विन्सी:-	फ़ोन रखता हूँ भाई!
डेनियल:-	हाँ-हाँ.....bye, takecare.
विन्सी:-	Same 2 you

(फ़ोन कट करने की आवाज़)

(विन्सी फिर से फ़ोन लगाता है, पर इस बार रोज़ी को लगाता है, टेलिफ़ोन की घंटी बज रही है।)

(टेलिफ़ोन, आगस्टिन उठाता है। आगस्टिन रोज़ी का हस्बैंड है।)

आगस्टिन:-	हलो.......
विन्सी:-	हलो, मैं विन्सी.......
आगस्टिन:-	ओह...... हाय विन्सी कैसे हो?
विन्सी:-	मैं ठीक हूँ, तुम और रोज़ी कैसे हैं?
आगस्टिन:-	यहाँ सब ठीक हैं। और कैसे याद किया?
विन्सी:-	तुम्हें पता होगा शायद, मॉम और डैड की 50वीं एनिवर्सरी है परसों!
आगस्टिन:-	हाँ-हाँ..... रोज़ ने बताया था।
विन्सी:-	वो जा रही है ना?
आगस्टिन:-	तुम्हें तो पता है..... यहाँ कितने काम रहते हैं। कितनी ज़िम्मेदारियाँ रहती हैं, पर रोज़ जाना चाहती है। ज़िद कर के बैठी है। तुम एक काम करना, अपनी सिस्टर को भी लेकर जाना और आते वक़्त यहाँ से होते हुए छोड़ जाना। हाँ... लेकिन मैं एक पैसा नहीं ख़र्चा करने वाला, पहले बता देता हूँ।

विन्सी:-	No -Brother In-law, नो....... ब्रादर इन लॉ.......

विन्सी:- No -Brother In-law, नो....... ब्रादर इन लॉ.......
पैसे की कोई बात नहीं... मुझे छुट्टी ही नहीं मिल रही है।

आगस्टिन:- ये लो अपनी सिस्टर से बात करो!
(पैसे के नाम से ही फटती है सालों की- धीरे से कहते हुए)

रोज़ी:- हाँ विन्सी बोल ...

विन्सी:- रोज़ तू चल रही है?

रोज़ी:- नहीं, जाने नहीं देंगे... कैसे गुस्सा कर रहे हैं, देख रहे हो ना तुम!

विन्सी:- मैं भी नहीं जा पाऊँगा!

रोज़ी:- मैं भी क्या करूँ, कुछ समझ में ही नहीं आ रहा है। उनका अगर कॉल आयेगा तो क्या जवाब दूँगी, नहीं समझ पा रही हूँ!

विन्सी:- मैं तो सोच रहा हूँ डैनी की तरह मैं भी कर लूँ... अभी कॉल ना उठाऊँ और बाद में कुछ ना कुछ बहाना बताते हुए माफ़ी माँग लूँ।

रोज़ी:- बढ़िया है! गुड आइडिया......मैं भी ऐसे ही करूँगी!

विन्सी:- चलो बाय, मैं फिर कॉल करता हूँ!

रोज़ी:- हाँ! बाय!

FadeOut......

सीन 06

मेन हाल डायनिंग टेबल के पास   **शाम का समय**

पात्र:- मेरी और जॉन

जॉन डायनिंग टेबल के मुखिया वाले चेयर पर बैठा हुआ है। ख़ुश है वो आज। इस उम्मीद पर कि आज उसके सारे बच्चे आने वाले हैं, आज की रात सारा परिवार मिलकर इस उत्सव को मनाना चाहता है।

                    शुरूआत के दो नाटक

मेरी अपने बच्चों के स्वागत के लिए तरह-तरह के पकवान बनाते हुए, डायनिंग टेबल पर लगा रही है। मेरी मिठाइयाँ लाकर सामने रखती है। जैसे ही मेरी वहाँ से निकलती है, जॉन झट से उस पर झपटते हैं।

मेरी:-	(पलटकर देखते हुए) चोर कहीं के, तुम्हें रुस्तम ने मिठाइयाँ खाने से मना किया है ना? रखो उसे!
जॉन:-	बस एक ही तो लिया है!
मेरी:-	एक भी नहीं! इस उम्र में मिठाई ज़हर के बराबर है। छोड़ो उसे!
जॉन:-	अच्छा ये लो छोड़ दिया! आज मेरी ही शादी की सालगिरह है ना? तैयारी किसी और के लिए हो रही है।
मेरी:-	हाँ हाँ.......मिठाइयाँ बच्चों के लिए बनायी है।
जॉन:-	अच्छा! बकरे की माँ कब तक अपने बच्चों की ख़ैर मनाएगी? जैसे ही नज़र टस से मस हुई, मैं तो दो-चार मिठाई ढाँप जाऊँगा।
मेरी:-	हाँ..... क्या बोला आपने?
जॉन:-	ना.......ना........नहीं तो.........मैंने तो कुछ नहीं बोला!
मेरी:-	लगता है मिठाइयाँ मुझे अंदर ले जाकर छिपाकर रखनी होंगी। (मेरी मिठाई की थाली डायनिंग टेबल से उठाकर अपने साथ अंदर ले कर जा रही है)
जॉन:-	आख़िरी बार की तरह, गैस सिलेंडर के पीछे छिपा देना।
मेरी:-	क्या?
जॉन:-	कुछ नहीं......कुछ नहीं...
मेरी:-	अच्छा... आ, तो तुम ही थे जो आधा किलो शक्कर खा गये? मैं तो समझी, चूहे खा गये। मैं उन्हें कोसती रही!
जॉन:-	हा......हा.........हा..........
मेरी:-	हँसो और हँसो... जब कुछ होगा ना, तब पता चलेगा! कल कुछ हो गया तो तुम्हारा देखभाल कौन करेगा? सिमोना नहीं आने वाली! समझे............!

जॉन:-   (बड़ी आँखें दिखाते हुए) देखो.......तुम बार
         बार उसका नाम लेकर चिढ़ाया मत करो।
         (मेरी अंदर चली जाती है)
         समय बीतता जाता है, जॉन अकेला बैठा हुआ है।
         बार-बार घड़ी देख रहा है।

जॉन:-   मेरी...मेरी! कहते हैं......दुनिया में सबसे
         मुश्किल और दर्दनाक काम है एक औरत का बच्चे
         का जन्म देना! पर मुझे अगर कोई पूछे तो,
         मैं यह कहूँगा कि उससे भी ज़्यादा दर्द देता
         है किसी का इंतज़ार करना। काफ़ी देर हो गयी,
         कोई क्यों नहीं आया?
         मेरा विवेक मुझसे यह कह रहा है कि आज शायद
         कोई नहीं आयेगा। परंतु मेरा दिल कमबख़्त यह
         बात मानने को तैयार ही नहीं!
         मेरी...मेरी...... कहाँ मर गयी?

मेरी:-   आ रही हूँ बाबा...
         (मेरी किचन से डायनिंग टेबल की ओर आती है)
         इतना देर हो गयी, बच्चे अभी तक आये नहीं?

जॉन:-   शायद रास्ते में हों.........
         कॉल करके देखना ज़रा.........
         (मेरी टेलिफ़ोन की तरफ़ जाती है, डायरी में से
         नंबर निकालकर ट्राई करती है)
         जॉन, मेरी की प्रतिक्रिया का इंतज़ार करता है।
         टेलीफ़ोन पर रिंग बज रही है पर कोई उत्तर नहीं
         आता।

मेरी:-   (मुंडी हिलाते हुए) नहीं!!

जॉन:-   (इशारे से) दूसरा कॉल ट्राई करो। मेरी दूसरे नंबर
         पर ट्राई करती है, वह भी कोई रिसीव नहीं करता।

जॉन:-   कहीं ग़लत नंबर तो नहीं लगा रही हो?
         (उठ कर टेलीफ़ोन के पास पहुँच जाता है)

जॉन:-   तुम नंबर बताओ, मैं लगाता हूँ।

मेरी:-   098 -

जॉन:-   098-आगे

मेरी:-   76857891
जॉन को टेलीफ़ोन पर रिंग जाने की आवाज़
आ रही है। बजते-बजते बंद हो जाता है। जॉन,
रिसीवर रखता है, आकर चेयर पर बैठ जाता है।
मेरी भी जाकर जॉन के पास रखी हुई एक कुर्सी
पर बैठ जाती है।
(थोड़े देर तक दोनों चुपचाप बैठ जाते हैं)
जॉन:-   इन खोटे सिक्कों से उम्मीद भी क्या की जा सकती
है!
अक्सर इन बहते अश्कों से मैं पूछता हूँ तेरा रंग
कैसा?

वाह! रे वाह! तू तो ख़ुशी में भी आता है, और
गम में भी!

Fade Out......

सीन – 7
Int:- बरामदा
                     दिन का समय
Char:- जॉन, मेरी और रास्ते में खेलता हुआ एक बच्चा

                          (जॉन मलीन अवस्था में बैठा हुआ है, बाहर एक
बच्चा खेल रहा है। एकटक उसे देखते हुए सोच
रहा है।)
जॉन:-   इंसान क्या सोचता है और क्या होता है। काश!
भविष्य पर हमारा पूर्ण नियंत्रण होता।
पल भर में अपने, बेगाने होते हैं यहाँ, और राह
चलते अजनबियों में मैं अपनों को तलाशता रहता
हूँ।
सालों हो गये अपनों को नज़दीक से देखे हुए। यहाँ
खेलते-कूदते बच्चों में मुझे अपने नाती पोतों के
अक्स दिखाई देते हैं। काश मैं भी इन धूल-मिट्टी
में उनके साथ खेल पाता। उनके लिए मैं घोड़ा

बनता और वो मेरी पीठ पर बैठकर ख़ुश होते।
उनकी किलकारियों से यह आँगन खिल उठता। मैं
कितना बेवक़ूफ़ था, हमेशा यह सोचता था, वक़्त
मेरे हाथों में है!

मैं जो चाहूँ कर सकता हूँ, जिसे चाहूँ पा सकता
हूँ। मैं कितना ग़लत था! धीरे-धीरे वक़्त की रेत
मेरे हाथों से फिसल गयी और मुझे पता तक नहीं
चला। परवरिश में ऐसी क्या कमी रह गयी थी जो
आज यह नतीजे मिल रहे हैं।

क्या आज ये भूल गये, इनकी एक ख़ुशी की
ख़ातिर बिना परवाह किये मैं हज़ारों ख़्वाहिशों की
कुर्बानी दे दिया करता था। आज ये एक दिन कि
छुट्टी नहीं ले पा रहे हैं! आज ये मुझसे मिलने आने
के लिए दो कौड़ी ख़र्च नहीं करना चाहते!

आज हम बड़े तेज़ी से दुनिया के साथ ताल
मिलाकर आगे बढ़ रहे हैं। हम विकास के पथ पर
हैं। बहुत तेज़ी से विकसित हो रहे हैं। यह विकास
का अंत कहाँ होगा मुझे नहीं पता!

जब कोई रुकी हुई रेल के सामने से एक गतिशील
रेल गुज़रती है, तब रुकी हुई रेल के अंदर के
बेख़बर यात्रियों को यह लगता है की उनकी रेल
चल रही है।

कहीं ऐसा तो नहीं, दूसरों की गति, विकास को
देखकर हमें यह ग़लतफहमी हो गयी हो? शायद!
(मेरी, जॉन को अकेले उदास गुमसुम बैठा पाकर
नज़्दीक आती है। उनकी बग़ल में ज़मीन पर बैठ
जाती है। मेरी जॉन के झूलने वाले कुर्सी को अपने
हाथों से धीरे-धीरे झुलाती रहती है।)

जॉन:-   (कहता है) मैं पंगु हो गया हूँ.... मैं अपने आपको
अपाहिज महसूस कर रहा हूँ।

मेरी:-   ऐसा मत बोलिये... ज़रूर कोई ज़रूरी काम आ
गया होगा!

जॉन:-   शायद ऐसा ही हो! लेकिन आज मैं अपने आपको
कमज़ोर महसूस कर रहा हूँ। मैंने माँगा भी तो क्या
था? चंद लम्हे ख़ुशियों भरे।

मेरी:- मैं तुम्हें इस तरह टूटते नहीं देख सकती!

जॉन:- नहीं मेरी, मैं टूट नहीं रहा हूँ! मैं तो अभी आने वाले तूफ़ान का अंदेशा पाकर, उसका सामना करने के लिए और मज़बूत हो रहा हूँ। मैं अगर रो रहा हूँ तो अपनी ग़लती पर कोस रहा हूँ अपने आप को।

मेरी:- इतना मत सोचो, हम अकेले नहीं हैं.........इस उम्र में प्रताड़ित सब होते हैं। हमारे बच्चे तो बहुत अच्छे हैं, औरों के मुक़ाबले। हमारे साथ आज तक बदसलूकी नहीं की उन्होंने!

जॉन:- मेरी, मेरी, मेरी! तुम कितनी भोली हो....... हमारी ज़िन्दगी अभी ख़त्म नहीं हो गयी! मुझे तो यह लग रहा है, कहीं ये शुरूआत तो नहीं है?

मेरी:- शुभ-शुभ बोलो........कभी-कभार मुँह से निकले हुए शब्द को ईश्वर सच कर देता है! हे ईश्वर आप बड़े दयालु है!...... परमेश्वर इनकी ग़लती को आप माफ़ कीजिये।

जॉन:- मेरी, मैं चाहता हूँ हम अपनी ज़िन्दगी एक नये सिरे से शुरू करें।

मेरी:- अब और इस उम्र में....?

जॉन:- नहीं-नहीं....... तुम नहीं समझीं। कुछ ख़्वाहिशें अधूरी-सी रह गयी हैं, ज़िन्दगी की भागदौड़ में पिसकर! अपनी ख़ुशियों को दाँतों तले दबाता चला गया! तुम्हें ख़ुशियाँ नहीं दे पाया। अब मैं तुम्हें हर पल ख़ुशी देना चाहता हूँ, एक नया आशियाना बनाना चाहता हूँ। जहाँ हर पल ख़ुशियाँ ही ख़ुशियाँ हो! जहाँ ग़म का नामो-निशाँ ना हो।

जॉन:- आख़िरी तक, बस हर दिन हो उमंग भरा, सोकर उठें तो देखें एक नया सवेरा, रात हो एक नयी किरण की तलाश! आख़िरी तक! हर दिन ऐसे जियेंगे जैसे कि आख़िरी हो।

मेरी:- ओह....... सो रोमान्टिक! शायद मैं जॉन को महसूस कर पा रही हूँ, जिसे मैंने चुना था!

मेरी:- पर अब वो उम्र नहीं रही... यह झुर्रियाँ... यह बुढ़ापा, कमज़ोर हड्डियों.......के सिवाय अब कुछ बचा नहीं है।

जॉन:-	पर मेरी नज़र से देखो तो तुम अब भी वही मेरी हो और मैं वही जॉन....
मेरी:-	पर लोग क्या कहेंगे?
जॉन:-	मेरी कहने दो...... उनका काम है कहना!!
मेरी:-	(हँसते हुए) लोग ये कहेंगे...... भरे बुढ़ापे में बूढ़ा सठिया गया।
	ओह... जॉन आई लव यू....
जॉन:-	आई लव यू टू.....

Fade Out ....

सीन –08

Int :- जॉन का बरामदा

रात का समय

पात्र: मिस्टर एन्ड मिसेज़ चड्ढा, मिस्टर एन्ड मिसेज़ सुब्रमण्यम, जॉन और मेरी

जॉन का घर रौशनी से पूरी तरह भरा हुआ-सा लग रहा है। क्रिसमस के मौक़े पर जैसे लोगों के घर सजते हैं। बाहर से गुज़रने वाले दो पल के लिए वहाँ ठहर के ज़रूर सोच में पड़ जाते हैं।

लोग हमेशा यही मानते थे कि यह बंगला एक वीरान बंगला है, जहाँ दो बुज़ुर्ग दम्पती रहते हैं। ना ही उनके घर में किसी ने आज तक रौशनी देखी थी ना ही ख़ुशियों की कुहकारियाँ! कभी-कभार सुनाई देते थे, मुकेश के सदा बहार गानों के धीमे आवाज़ वाले मध्यम सुर!

मिसेज़ चड्ढा:-	ये लो, देखो जी !डिसूज़ा जी के घर पे आज तो जश्न मनाया जा रहा है!
मिस्टर चड्ढा:-	सालों बाद आज, बच्चे आये हैं लगता है। चलो-चलो, इनकी ख़ुशियों में हम शामिल होते हैं। (पीछे से आवाज़ आती है)
मिस्टर सुब्रमण्यम:-	अरे चड्ढा साहब, आज बरसों बाद जॉन के घर ने ख़ुशियाँ देखी हैं।
मिसेज़ चड्ढा:-	पता नहीं जी! वही पता करने हम जा रहे थे।

शुरूआत के दो नाटक

| मिसेज़ सुब्रमण्यम:- | चलो-चलो हम सब मिलकर शरीक होते हैं। |
| मिस्टर चड्ढा:- | चलो-चलो..... |

Fade Out...........

सीन –09
Int:- जॉन का घर हॉल रूम

रात का समय

पात्र:-मिसेज़ एन्ड मिस्टर चड्ढा, मिसेज़ एन्ड मिस्टर सुब्रामणियम, जॉन, मेरी

(जॉन घर में पुराने बॉक्स में से कुछ ढूँढ़ने में लगा हुआ है। आज मेरी ने अच्छे-अच्छे पकवान बनाये हैं जॉन के लिए। और आज ख़ास कर मिठाई बनायी है जॉन के लिए, जो बाज़ार में आयी हुई शुगर फ्री शक्कर से बनायी हुई है।) जिसे शायद जॉन ढूँढ़ रहा था, उसे वो मिल गया। एक पुरानी-सी टूटी फूटी बरसों पुरानी गिटार।)

जॉन:-	यह मिल गया!
मेरी:-	यह गिटार बाबा आदम के ज़माने का?
जॉन:-	यह कोई मामूली गिटार नहीं है, इसके साथ जुड़ी हुई हैं....कई पुरानी कहानी,यादें...और कई जज़्बात।घर का डोरबेल बज उठता है,मेरी जाकर दरवाज़ा खोलती है। उनके पड़ोस में रहने वाले दोस्तों को देखकर दोनों ख़ुश होते हैं। मिसेज़ एन्ड मिस्टर चड्ढा और मिसेज़ एन्ड मिस्टर सुब्रामणियम के घर में आ जाने से उनकी ख़ुशियाँ दोगुनी हो जाती हैं।
मिस्टर सुब्रामणियम:-	आज कई दिनों के बाद John भाई के घर में रौशनी देखी है। हमने सोचा क्यों ना हम भी इस मौक़े पर शरीक हो जायें।

जॉन:-	बहुत ही अच्छा किया सुब्रामणियम! अंदर आ जाओ आप लोगों का स्वागत है!
जॉन:-	आज हमारी शादी की 50वीं एनिवर्सरी है।
मिसेज़ एन्ड मिस्टर चड्ढा:-	(एक साथ में) बधाई हो... बधाई हो......

जॉन:-   शुक्रिया आप लोगो का... बहुत-बहुत शुक्रिया!
                         (सब लोग एक-दूसरे से गले मिलते हैं)
                         मेरी सबके के लिए चाय-पानी का बंदोबस्त करती
                         है.. थोड़ी देर तक सब गप्पे मारते हैं..
                         जॉन:-   दोस्तो... आज से हमने ठानी है, बाक़ी
                         की पूरी ज़िंदगी हम मौज-मस्ती के साथ बितायेंगे!
                         ज़िन्दगी में सिर्फ़ ख़ुशियाँ ही रहेंगी।

मिस्टर सुब्रामणियम:-   हमारे लिए आप लोग हमेशा एक आइडियल
                         होंगे!

जॉन:-   हमारी ज़िन्दगी की कुछ ख़ास सच्चाई, अब हम
                         आप लोगों के साथ बाटना चाहेंगे।

जॉन:-   हमारी बेगम साहिबा, शायर भी हैं!
मेरी:-   क्यों आप नहीं हैं?
जॉन:-   हम तो बस शौक़िया शायर हैं! ईश्वर तो हुनर
                         किसी-किसी को नवाज़ता है। आज के दिन तो
                         हक़ बनता है!

मेरी:-   नहीं-नहीं.... छोड़ो भी... सालों पुराने, गड़े मुर्दे
                         उखाड़ने से क्या फ़ायदा.... वक़्त के तूफ़ान में वो
                         सब दब चुका है।

मिस्टर चड्ढा:-   भाभी जी... ना शायर कभी मरता है, ना ही
                         फ़न कभी ख़त्म होता है। बस वक़्त के साथ एक
                         चिंगारी की ज़रूरत है, फिर जल उठेगा!

मिस्टर सुब्रामणियम:-   आज महफ़िल भी है और समा भी...हो जाये!
जॉन:-   इतना भी कठोर मत बनो मेरी......
मेरी:-   अच्छा-अच्छा... अच्छा बाबा... लेकिन मेरी भी
                         एक शर्त है! शुरूआत जॉन करेगा! एक ही मुखड़ा
                         पेश करूँगी...

मिस्टर सुब्रामणियम:-   बढ़िया.......बढ़िया.........मंज़ूर..........
                         इस बहाने हम जॉन को भी परख लेंगे.........
                         देखते हैं, कितने गहरे पानी में हैं जॉन ...
जॉन:-   अरे... मुझे कुछ नहीं आता!
मिस्टर चड्ढा:-   यह ग़लत है जॉन.... सुनाना ही होगा।
मेरी:-   जॉन! (फ़ोर्स करती हुई)
जॉन:-   अच्छा ... अच्छा सुनाता हूँ! ग़ौर फ़रमाइये...
                         अर्ज़ है......

                              शुरूआत के दो नाटक

इन हवाओं में, दिशाओं में यह किसने ख़ुशबू मिला दी,

अर्ज किया है...

इन हवाओं में, दिशाओं में यह किसने ख़ुशबू मिला दी,पता चला भरी जवानी में मिली थी एक कली आज कुदरत ने वो खिला दी। सब लोग एक साथ वाह वाह करते तालियाँ बजाते हैं। जॉन, मेरी की तरफ़ इशारा करते हुए।

जॉन :- मोहतरमा अब आपकी बारी!

मेरी:- अर्ज़ किया है...

मैंने जिसे ढूँढ़ा था, जिसे पाया था

वो कहीं खोया-खोया था...

जब मैंने उसे शीशे में तराशा, तब पाया

मेरे मोहब्बत में था वो खोया-खोया सा।

(सब लोग तातारीफ़ों के साथ-साथ वाह! वाह! करते रहे हैं)

जॉन, मेरी के सामने जाकर उसके हाथों को चूमता है।

जॉन:- तुम्हें याद है... हमारी पहली मुलाक़ात...
वो फ्रेंक्लिन सर के सालसा क्लासेस!

मेरी:- वो दिन कैसे भूल सकती हूँ?

जॉन:- मैं चाहता हूँ कि हमारी यह नयी शुरुआत उसी तरह से शुरू हो। एक बार हो जाये?

मेरी:- नहीं जॉन, अब शरीर में वो लचीला पन नहीं रहा! हड्डियाँ खोखली हो चुकी हैं। मैं नहीं कर पाऊँगी... थोड़ी शर्म तो करो, सबके सामने?

जॉन:- अब शर्म किस बात की, जब कि एक पाँव क़ब्र में है और एक पाँव ज़मीन पर। वैसे तो यह सब अपने ही हैं, एक ही परिवार के! वे सब भी दो पल की ख़ुशी के लिए तरस रहे हैं। उनकी भी हालत हमारी तरह है। मिस्टर चड्ढा... पीछे से आकर जॉन के गले मिलते हैं! मिसेज़ चड्ढा मेरी से गले मिलती हैं। मिसेज़ और मिस्टर सुब्रामण्यम, भावुक होकर खड़े हो जाते हैं।

Fade Out……..

सीन – 10
Int:- जॉन का घर हॉल रूम

रात का समय

पात्र:-
जॉन, मेरी, मिसेज़ और मिस्टर चड्ढा, मिस्टर और मिसेज़ सुब्रामण्यम,
डेनियल, विन्सी, रोज़ी, ऑगी, डायना, एनजी, और जेम्स

जॉन जाकर एक पुराना-सा टेपरिकॉर्डर लेकर आता है, डायनिंग टेबल पर रखता है।

जॉन:-
टेपरिकॉर्डर को प्ले करता है।

मेरी:-
ओह…..जॉन… मैं अकेले नहीं कर सकती, तुम्हें मेरा साथ देना होगा!
सारे गेस्ट एक साथ, कम ऑन! जाओ
दोनों एक-दूसरे के क़रीब आते हैं, म्यूज़िक के साथ-साथ दोनों सालसा करने लगते हैं। डांस करते-करते दोनों एक-दूसरे में खोये हुए हैं। म्यूज़िक ख़त्म होने ही वाला है, जॉन की नज़र पड़ती है घर में आये हुए नये मेहमानों पर। जॉन की पकड़ कमज़ोर हो जाती है!
जॉन देखता है, उनके बच्चे कल आने के बजाये आज यहाँ पहुँचे हैं। दो पल के लिए जॉन स्तब्ध हो जाता है। मेरी गिर पड़ती है! जॉन, मेरी को उठने में मदद करता है, मेरी उठती है… अपने बच्चों के तरफ़ दोनों देखते हैं। बच्चे और बहुएँ उन्हें देखकर हैरान रह जाती हैं।

Fade Out…………

सीन – 11
Int:- डायनिंग टेबल हॉल में

रात का समय

पात्र:-   जॉन, मेरी, डेनियल, विन्सी, रोज़ी, एनजी, डायना, आनगी, और जेम्स

सब लोग एक साथ बैठकर खाना खा रहे हैं। मेरी सबको सर्व करने के बाद बैठ जाती है।

जॉन:-	सालों के बाद हम सब एक साथ बैठकर खाना खा रहे हैं!
डेनियल:-	पापा, हम सब भी आपके साथ रहना चाहते हैं! पर क्या करें, बच्चों की पढ़ाई, काम-धंधा सब देखना पड़ता है!
जॉन:-	सही कहा!
विन्सी:-	पापा, क्यों ना आप हम सबके साथ रहें?
जॉन:-	मतलब...?
डेनियल:-	मतलब पापा यह है, क्यों ना आप दोनों कुछ दिन मेरे पास, कुछ दिन विन्सी और रोज़ के साथ रहें!
जॉन:-	अच्छा आयडिया है, पर ऐसा हमेशा नहीं कर पायेंगे। लेकिन अब कभी भी तुम लोगों की याद आये तो... तुम लोगों के वहाँ हो आयेंगे।
डेनियल:-	पापा, आज कल हम लोग, आप लोगों के लिए चिंतित रहते हैं।
जॉन:-	क्यों...?
डेनियल:-	आये दिन अख़बारों में आती हुई बुजुर्गों की हत्या और लूट की ख़बर सुनकर!
जॉन:-	लूटकर भी हमारा क्या लूटेगा? यहाँ है भी क्या!
डेनियल:-	आप ये जगह छोड़ने के लिए तैयार क्यों नहीं हैं? यहाँ पर क्या रखा है?
जॉन:-	यहाँ पर मेरे बचपन की यादें बसी हुई हैं! मेरे माँ-बाबूजी कि आत्माएँ बसी हुई हैं, मेरे बरसों के सपने जुड़े हुए हैं
जॉन:-	डेनियल तुम्हें और किन-किन चीज़ों के हिसाब दूँ? (उसी वक़्त खाना छोड़कर उठ जाती है डायना, और अंदर चली जाती है)
जॉन:-	अब इसे क्या हुआ?

डेनियल:-	मैं देखता हूँ? (डेनियल भी उठकर अंदर चला जाता है)
मेरी:-	जॉन, तुम भी! बच्चों का दिल तोड़ दिया ना!
जॉन:-	क्या मैंने ग़लत कहा? मैं यह जगह छोड़कर नहीं जा सकता! क्या तुम जा सकती हो?
मेरी:-	छोड़ो अब इस टॉपिक को, खाना खाओ चुपचाप! और किसी को कुछ चाहिए?
	तुम्हें विन्सी?
	तुम्हें ऑगी?
विन्सी :-	नहीं-नहीं माँ...
ऑगी:-	नहीं-नहीं माँ...
	(सब लोग खाना खाने में लग जाते हैं।)

सीन – 12

Int:-घर के दरवाज़े के पास

सुबह का समय

पात्र:-दूधवाला और मेरी

घर की डोर बेल बजती है...दूधवाले की आवाज़ गूँज उठती है...

दूधवाला:	दूधवाला ......साहब! मालकिन! ...... दूध लेलो! मेरी उठकर दरवाज़े पर बर्तन लिये आती है!
मेरी:-	भैया आज 2 लीटर ज़्यादा देना!
दूधवाला:-	मालकिन आज कहीं नागपंचमी है क्या?
मेरी:-	क्यों?
दूधवाला:-	नहीं... आप सालों से हमेशा 1 लीटर ही लिया करते थे, आज २लीटर ज़्यादा दूध ले रहे हैं!
मेरी:-	नहीं...... आज बच्चे सालों बाद घर आये हैं!
दूधवाला:-	वही तो मैं भी पूछ रहा था?
मेरी:-	क्या मतलब?
दूधवाला:-	हमारा मतलब ई है कि, दूध पिलाओ.... खिलाओ, पढ़ाओ, लिखाओ और बड़ा करो, बस अपने पैरों पर खड़े हुए नहीं कि लात मार देते हैं। इसलिए हमने नागपंचमी का ज़िक्र किया!

शुरूआत के दो नाटक

| मेरी:- | हाँ-हाँ....बस-बस अपनी बकवास बंद करो! |
| दूधवाला:- | अच्छा मालकिन, ये लो आप का दूध... हम चलते हैं! |

Fade out.........

सीन – 13

Int :- डायनिंग टेबल हॉल में

दिन का समय

पात्र:-जॉन, मेरी, डेनियल, विन्सी, रोज़ी, ऑगी, डायना, एनजी, और जेम्स

सब लोग साथ बैठकर दूध पी रहे हैं। जॉन और जेम्स दोनों खेल रहे हैं। जॉन घोड़ा बना हुआ है, जेम्स उस पर बैठा हुआ है।

जेम्स:-	चल मेरे घोड़े, टिक..टिक..टिक....... चल मेरे घोड़े, टिक..टिक..टिक.........
डायना:-	जेम्स इधर आओ, दूध पियो।
जेम्स:-	नहीं माँ, मैं अभी नहीं पिऊँगा।
डायना:-	दिन पर दिन शैतान बनते जा रहा है!
जॉन:-	अच्छे बेटे ज़िद नहीं करते... जाओ......... दूध पी लो......दूध पीने से ताक़त आती है।
जेम्स:-	पापा बोलते हैं, दूध पीने से कैल्सियम और विटामिन डी मिलता है।
जॉन:-	हा...हा...हा.. दोनों भी मिलता है। ताक़त भी और कैल्सियम भी। जाओ दूध पी लो!
जेम्स :-	नो, ग्रांडपा......मैं अभी नहीं पिऊँगा! थोड़ी देर के बाद पिऊँगा।
डायना:-	यहाँ पर जब से आया है, तब से बहुत ज़िद्दी हो गया है।
जॉन:-	बहु, जाने दो... बच्चा है, नासमझ है।
डायना:-	(गुस्से से) आपके यही लाड-प्यार ने तो उसे बिगाड़ा है।
	(जॉन बस देखता रहता है बुत बनकर, जॉन की पीठ पर से उतर कर जेम्स, कहीं भागने लगता है।)

जॉन:-	रुक जाओ... इतनी तेज़ी से भागो मत, कहीं गिर पड़ोगे। (पर जेम्स यह बात नहीं सुनता, दादी मेरा दूध का गिलास लेकर आ रही थी, उनसे जाकर टकरा गया। दादी के हाथ से दूध का गिलास गिर गया।)

जेम्स:-	सॉरी

मेरी:-	कोई बात नहीं मैं उठा लेती हूँ, तुम जाओ खेलो।

जॉन :-	इधर आ जाओ।
	(जेम्स दौड़ते हुए, ग्रांडपा के पास जा ही रहा था, डायना उठकर आती है! जेम्स को कसकर एक तमाचा जड़ देती है।)

मेरी:-	बहु, उसे मत मारो... यह एक एक्सीडेंट था, ग़लती से हो गया......जाने दो बच्चे को......

डायना:-	आप चुप रहिये!

जॉन:-	बहु, बहुत हो गया! आपको बच्चे के साथ ऐसे पेश नहीं आना चाहिए। वो छोटा बच्चा है, यह सब तमाम चीज़ों से वो अंजान है। यह सब छोटी मोटी चीज़ें है, हम सँभाल लेंगे।

डायना:-	मुझे मेरे बेटे से कैसे पेश आना चाहिए, अब आप समझायेंगे? यह सब आपकी संगत का असर है, दो दिन में यह सब छिछोरापन उसके अंदर आया है। नहीं-नहीं, मैं तो अब एक पल भी यहाँ नहीं रुक सकती। अब मैं यहाँ और अपमान नहीं सह सकती। डेनियल, मैं अपने बच्चे को लेकर यहाँ से जा रही हूँ, तुम्हें अगर रहना है तो तुम यहाँ रह सकते हो!

डेनियल:-	पापा आप ग़लत हो, आपको इस तरह से बात नहीं करनी चाहिए थी!

जॉन:-	क्या? मैं ग़लत हूँ? मैंने ऐसा क्या बोला, जो मुझे नहीं बोलना चाहिए था?

डेनियल:-	आपने अपनी बहु का अपमान किया है! माफ़ी माँगने के बजाये आप पूछ रहे हैं मैंने क्या ग़लत किया?.... आप बारी-बारी से एक-एक का अपमान करते जा रहे हैं।

डेनियल:-	पहले अपनी बहु की, फिर अपने बेटे का... अब ना जाने किस की बारी है? हम चलते हैं, हम अब एक पल भी यहाँ नहीं रहेंगे!

विन्सी:-	रुको डेनियल, पापा, हम तो आपके भले के लिए
	यहाँ आये थे। सोचे थे आप मान जायेंगे, हमारे
	साथ चलेंगे...... पर ऐसा नहीं हुआऔर आप
	बहुत ही ज़िद्दी हैं.... हम सब भी जा रहे हैं...चलो
	... एनजी.......
	(ऑगस्टिन, रोज़ी, विन्सी और एनजी सब उठकर
	जा रहे हैं)
मेरी:-	रुक जाओ...मत जाओ........कहाँ जाओगे!
डेनियल:-	अब माँ...कहीं भी रह लेंगे पर अब यहाँ एक पल
	भी नहीं रहेंगे!
जॉन:-	जाओ.....चले जाओ....निकल जाओ यहाँ से।
मेरी:-	जॉन... तुम मेरे बच्चों को यहाँ से चले जाने के
	लिए ऐसे कैसे कह सकते हो?
जॉन:-	मेरा घर है, मैं जिसे मर्ज़ी चाहे रहने दे सकता हूँ,
	जिसे मर्ज़ी चाहे भगा सकता हूँ।
मेरी:-	जॉन, तुम ये शायद भूल गये, यह मेरा भी घर है।
	जॉन, तुम बच्चों से माफ़ी माँगो!
जॉन:-	किस बात की माफ़ी?.... जब मैंने ग़लती किया ही
	नहीं?
मेरी:-	जॉन (रूडली) तुम माफ़ी मांगो!
जॉन:-	यह नहीं हो सकता !
डेनियल:-	माँ...... तुम किस पत्थर पर अपना सिर पटक
	रही हो?

	Hand's off to you Mom, आप इस
	आदमी को 50 साल झेल लिये, लेकिन हम एक
	पल भी इन्हें नहीं झेल सकते, हम जा रहे हैं।

मेरी:-	रुको......जॉन, मैं बच्चों के साथ जा रही हूँ।
	(जॉन, यह सुनकर दो पल के लिए स्तब्ध हो जाता
	है, क्या करे-क्या ना करे, उसे कुछ समझ में नहीं
	आ रहा है)
	जॉन, मन ही मन में उदास होते हुए, टूटते हुए
	जाकर बैठ जाता है चेयर पर।

जॉन:-   जाओ....... चली जाओ.... मुझे किसी की
                       ज़रूरत नहीं है! (बैठ जाता है चेयर पर) सब लोग
                       घर से चले जाते हैं। जैसे ही दरवाज़े के सामने से
                       ओझल हुए......उदास उठता है......आता है
                       दरवाज़े के पास।
जॉन:-   रुक जाओ...... मेरी! मैं माफ़ी माँग लूँगा..मुझे
                       यहाँ अकेले छोड़कर मत जाओ।
                       (पर वो चले गये हैं, उन तक आवाज़ नहीं पहुँचती
                       जॉन रोता रहता है।)

Fade Out......

सीन – 14
Int :- होटल रूम में

                       शाम का समय

पात्र:-   डेनियल, डायना, जेम्स, विन्सी, एनजी, रोज़ी,
                       ऑगी
                       मेरी और प्रॉपर्टी ब्रोकर टोनी
                       सब लोग चुपचाप बैठे हुए है रूम में! मेरी बड़ी
                       गहरी सोच में पड़ीहुई है। सब लोग की नज़र उन
                       पर है।

डेनियल:-   माँ हम लोग चाहते हैं, हम सब साथ रहें! तुम
                       कभी मेरे साथ रहो, कभी विन्सी के साथ। पर
                       पापा ही ज़िद पर अड़े हुए हैं!
मेरी:-   तुम नहीं समझोगे यह बात! वो कितने जुड़े हुए
                       हैं उस घर के साथ। कितनी यादें जुड़ी हुई हैं उस
                       जगह से....
विन्सी:-   माँ..... यह कहाँ पुरानी ख़यालात वाली,
                       वाहीयात बातों को लेकर बैठे हुए हैं।
डेनियल:-   माँ, हम लोग यह सोच रहे थे..... कि वो घर को
                       बेच देते हैं और आप लोग हमारे साथ रहेंगे।
मेरी:-   क्या...? यह बात तो तुमने पहले नहीं बतायी?
डेनियल:-   हाँ-हाँ माँ, मैंने नहीं बताया, क्योंकि मैं जानता था
                       आप ऐसे नहीं मानोगे!
मेरी:-   अब मुझे समझ में सारी बात आ रही है। तुम
                       लोग एक दिन लेट क्यों आये! आप लोग हमसे
                       मिलने तो आये ही नहीं थे, आप लोग
                       आये थे........अपने मक़सद के लिए।

डायना:-	आप क्या चाहते हैं......... हम लोग दर-दर की ठोकर खाते फिरें? हम लोग भाड़े के घर पे रहते हैं, यह घर अगर हम बेच देते हैं तो हम तीनों परिवार शहर में सेटेल हो सकते हैं। पर आप लोग हो कि उस प्रॉपर्टी पर साँप की तरह कुंडली मार के बैठे हो!!

डेनियल:-	चुप हो जाओ डायना! माँ से इस तरह से बात करते हैं? माँ ज़रा सोचो........ एक बार टोनी का प्रपोज़ल सुन लो! विन्सी, टोनी को बुलाओ!
(विन्सी, टोनी को लेकर आता है)

टोनी:-	हुलो!
टोनी अंदर आकर बैठता है...अपना लाया हुआ ब्रीफ़केस खोलता है। उसमें से कुछ फ़ाइल निकालकर सामने रखता है।

टोनी:-	आपकी प्रॉपर्टी अभी पीक पर है, आपको अच्छा दाम मिल सकता है। यह रहा गवरमेंट का नया प्लान, इसके मुताबिक़, यह हाइवे यहाँ से गुज़रने वाला है। ये देखिये यहाँ से लेकर यहाँ तक, पूरा एरिया डेवलपमेंट में जाने वाला है! आपकी प्रॉपर्टी यहाँ पर है, मैं आपको आपकी प्रॉपर्टी का सही दाम दिला सकता हूँ। इनफ़ैक्ट, मेरे पास ख़रीदार तैयार है! मैं आपको इस प्रॉपर्टी का 5.5 करोड़ दिला सकता हूँ! (टोनी, सबको क्लोजली ऑबज़र्व कर रहा है, उसे लगता है शायद प्राइस कम हो गया)
थोड़ी देर में...
6 करोड़.......
(सबको फिर से देखता है)

टोनी:-	लास्ट टू लास्ट.......फ़ाइनल प्राइस 7 करोड़...इससे ज़्यादा नहीं दे सकता।

डेनियल:-	माँ...7 करोड़, माँ! सोचो ज़रा हम सब माला माल हो जायेंगे।
मेरी:-	यह सब नहीं होना चाहिए था (रोती हुई)मैं कितनी ग़लत थी! जॉन, मुझे माफ़ करना! टोनी, यह घर बिकाऊ नहीं है!
टोनी:-	आपकी मर्ज़ी (अपना सारा सामान अपने ब्रीफ़केस में रखता है) (टोनी को जाते देख, डेनियल उसके पास जाता है)
डेनियल:-	टोनी, रुक जाओ..........टोनी सुनो ज़रा...............
टोनी:-	मुझे मत समझाओ...... मुझे समझाने से ज़्यादा, उन्हें समझाना ज़रूरी है। ऑफ़र ओपन है, जब वो राज़ी हो जायें, मुझे बुला लेना! (टोनी चला जाता है)
डायना:-	मैं क्या बोली थी, .अब भी समझ में नहीं आया और हम ही क्यों मनाने में लगे .... वे भी तो हिस्सेदार हैं! क्यों विन्सी? क्यों रोज़? फ़ोन पर बड़े-बड़े ढींगे हाँक रहे थे... अब मनाओ अपनी माँ को, हम अकेले ही क्यों बुरा बनें!
विन्सी:-	हाँ....हाँ...हम भी तो कोशिश कर ही रहे हैं ना? (विन्सी, मेरी के पास जाता है)
विन्सी:-	आप यहाँ बैठो माँ!(माँ के गोद में अपना सिर रखते हुए) माँ मैं आपका लाडला हूँ ना?
मेरी:-	हूँ!...
विन्सी:-	मैंने आपको आज तक जो भी माँगा, आपने पूरा किया ना माँ?
मेरी:-	हूँ!....
विन्सी:-	आप मान जाओ माँ......उसे बेच देते हैं, और हम सब शहर चलते हैं।

मेरी:- जॉन, नहीं मानेगा!

डेनियल:- आप कहेंगे तो पापा ज़रूर मानेंगे....

मेरी:- मैं ग़लत थी, जो तुम लोग की बातों में आ गयी। अपनी ममता की अँधेरी गलियों से
गुज़रते-गुज़रते मैं अँधी हो गयी थी। जॉन, सही था... 50 साल उसके साथ गुज़ारने के बाद भी, मैं उसे समझ नहीं पायी। मैंने जॉन का साथ नहीं दिया, क्या सोच रहा होगा वो! क्या कर रहा होगा! पता नहीं.......यह अकेलापन वह बर्दाश्त कर पायेगा कि नहीं। मुझे जाना

मेरी:- होगा!   नहीं-नहीं.......मुझे   जाना होगा........(पागलों की तरह मेरी उठती है और वहाँ से चली जाती है) सब लोग चुपचाप खड़े रहते है.........

Fade Out..........

सीन – 15
Int:- जॉन का घर हॉल रूम

रात का समय

पात्र:-जॉन,
अकेला जॉन गुमसुम-सा बैठा हुआ है। अपने आपको कोस रहा है।

जॉन:- क्या सोचा था और क्या हो गया...... कितना लाचार महसूस कर रहा हूँ मैं। अगर मुझे पहले से पता होता कि यह सब होने वाला है, तो शायद में नि:संतान होना पसंद करता......नि:संतान होने के दुःख को सहज सह लेता, लेकिन यह दिन तो देखने नहीं पड़ते।
यह रिश्तों का खेल मुझे अभी भी समझ में नहीं आया! यह कितना कच्चा होता है! बस ढील दी नहीं कि यूँ टूट जाते हैं। जिसने ज़िन्दगी भर साथ निभाने का वादा किया था, वो आज एक ही पल में मेरे लिए अजनबी हो गयी! ऐसा लग रहा है कि मैं किसी गहरे कुएँ के अंदर फँसा हुआ हूँ। चारों तरफ़ अंधकार है, निकलना मुश्किल-सा लग रहा है।
हे ईश्वर, ज़िन्दगी के क्रम में यह बुढ़ापा क्यों बनाया? अपनों की तो बात छोड़िये! अपने अंग, अपने शरीर अपना साथ छोड़ देते हैं। शायद, यह किस गुनाह की सज़ा है, मेरी सजा! हाँ गुनाह तो किया है मैंने, इन कच्चे रिश्तों पर विश्वास करके।
(जॉन, खड़ा होता है........ अपनी बनायी हुई .... उन लकड़ी की कुर्सियों को छूते हुए)

जॉन:- रात-दिन मेहनत करके, यह सब बनाया था। सोचा था ज़िन्दगी के आख़िरी दिनों में काम आयेगा! पर यह पैरों की बेड़ियाँ बन गये। (पैर में ठोकर लग जाती है)
यह कुर्सी, डेनियल की, सागवान की लकड़ियों से बना, आरामदायक..... यह विन्सी के लिए.......

यह सामने वाला मेरी के लिए! हूँ-हूँ!

आज सिर्फ़ रह गयी हैं, यह सुनी कुर्सियाँ! सूनापन....... ख़ालीपन ... मेरा गला घोट रहे हैं।

यह एहसास कितना कठिन है ना...........
जीओ भी और ज़हर घुट-घुटकर पीओ भी! कितना दर्दनाक है ये सूनापन उफ!...........
मेरा सर फटा जा रहा है।

मेरी ही बनायी हुई इस लकड़ी के जंगल में आज मैं ख़ुद ही फँसकर रह गया हूँ! आज यह मेरे ही काम आ रही हैं, ठोकर खाने के लिए।

जब मैं ठोकर खाकर गिर पड़ता हूँ इन कुर्सियों के ऊपर, तब मुझे एहसास होता है...... इनके सूनेपन का, यह सूनी कुर्सियाँ.........

मैंने ढेरों ख़ुशियाँ पाने की कोशिश में आज बची-कुची ख़ुशियाँ को भी खो दिया। सोचा था सारा परिवार जब एक साथ मिलेंगे, तो शायद फिर से रिश्तों के उस धागे में मोतियाँ पिरो सकूँ......
मगर ये कच्चा निकला! धीरे-से टूट गया, शायद मैं रिश्तों की रेत को अपनी हथेलियों में समेटने चला था और उसका दम घुट गया।

हाँ!यही हुआ है। हे ईश्वर, मेरी ही बनायी हुई इन लकड़ियों के जंगल में सिर पटक-पटककर थक चुका हूँ।

मुझे मुक्ति चाहिए! मुझे आज़ाद कर दो! मुझे आज़ाद कर दो! (रोते हुए) मैं और जीना नहीं चाहता...... मैं यह दर्द और सह नहीं पा रहा हूँ, मैं पूरी तरह से टूट चुका हूँ!

(जॉन अपना सिर बार-बार उन लकड़ी के टेबल और कुर्सियों पर पीट रहा है......ख़ून से लथपथ हो चुका है)

जॉन उठता है...... किचन की ओर जाता है... हाथ में केरोसीन का डब्बा लेते हुए अंदर आता है......उन कुर्सियों पर छिड़कने लगता है......

जॉन:- अब ना रहेंगी कुर्सियाँ और ना रहेगा इनका सूनापन! (गुस्से से)
(माचिस निकालकर आग लगा देता है कुर्सियों को...)
वो सिर्फ़ छोड़ देता है दो कुर्सियाँ, एक अपनी और दूसरी मेरी की।
अपनी कुर्सी पर जाकर वो बैठ जाता है.......
उसके बच्चों के लिए तैयार की हुई कुर्सियाँ जलकर राख हो जाती हैं। उस आग की वजह से उस घर में शार्ट सर्किट हो जाता है, घर की लाइट ऑफ़ हो जाती है।

Screen to Black..........

सीन – 16

Int:- जॉन का घर हॉल रूम

रात का समय

पात्र:-जॉन, मेरी

मेरी लौटकर घर में आयी है....... दरवाज़ा खोलकर अंदर आती है..........

मेरी:- जॉन...जॉन... सो गये क्या?
(घर के लाइट के स्विच ऑन ऑफ़ करती है)

मेरी:- यह लाइट को क्या हो गया...?
जॉन, तुम घर में हो? जॉन, छोड़ो भी गुस्सा............. मैं आ गयी ना तुम्हारे लिए......
ओह हो..........जॉन, परेशान मत करो.........
(मेरी अंदर जाती है........ मोमबत्ती जलाती है और हॉल की तरफ़ आती है।
देखती है, जॉन टेबल पर लेटा हुआ है)

मेरी:- सो गया है......... मोमबत्ती लाकर, डायनिंग टेबल पर रखती है।

मेरी:- जॉन...उठो...मैं आ गयी हूँ......
जॉन, जब थोड़े देर तक नहीं सुनता, मेरी नज़दीक आकर उसे उठाने की कोशिश करती है, तब उसे पता चलता है... जॉन अब नहीं रहा। मेरी गिर पड़ती है, जॉन के क़दमों के नीचे।

   शुरूआत के दो नाटक

मेरी:- मुझे जॉन, माफ़ कर देना...... मैं पल भर के
लिए बहक गयी थी...... मुझे माफ़ कर दो जॉन,
मुझे माफ़ कर दो...... मुझे नहीं पता था कि
यह सब हो जायेगा...... मुझे अकेला क्यों छोड़
गये? तुमने यह भी नहीं सोचा कि मैं कैसे जियूँगी?
क्यूँ...जॉन...क्यूँ? (रोते हुए) (थोड़ी देर तक
वो...चुपचाप वही पड़ी रहती है।
थोड़ी देर के बाद वो उठती है। आकर जॉन के
सामने वाली कुर्सी पर बैठ जाती है। वही कुर्सी जो
जॉन ने मेरी के लिए बचाकर रखी थी। थोड़ी देर
तक बैठने के बाद टेबल पर सिर रखकर सो जाती
है.... मोमबत्ती जल-जलकर ख़त्म हो जाती है।
फिर अंधेरा हो जाता है...)

Light to Black
Fade Out....

www.ingramcontent.com/pod-product-compliance
Lightning Source LLC
Chambersburg PA
CBHW020743160726
47993CB00006B/2591